PREMIERE PARTIE

JOURNAL DE GAUTIER LANDASLE

Chapitre premier

Aimer...

Nous avons tous besoin d'aimer.

Un coucher de soleil, une aurore blonde, le vol silencieux de l'oiseau dans le ciel, un tableau, un roman, le lent mouvement de la vague qui se meurt sur la grève, une fleur, un chien...

Il y a longtemps que je suis en mal d'amour et ce mal transpire par tous les pores de ma peau, ronge mon esprit, affaiblit mon âme.

Je ne suis plus moi-même depuis le jour où je l'ai rencontrée, elle, qui me rend si peu ma tendresse et ne m'accorde pas un regard...

Penroc, par jour de tempête, semble isolé du monde, perdu dans un univers hostile, tandis que la mer bat les rochers avec une fureur sans égale.

Au-dessus de Penroc, le ciel est rarement bleu. Cette vieille demeure harcelée par les vents sur ce promontoire qui s'avance au milieu des flots, telle la proue d'un navire, n'inspire pas le bonheur. J'en fais la dure expérience depuis trois mois.

Je ne suis venu là que pour me reposer, entamer une convalescence délicate. Ainsi en est-il lorsqu'on sort d'une grave jaunisse. Une hépatite virale si vous préférez...

Quels que soient les termes barbares employés, cette maladie m'a détruit. Physiquement et moralement. Il faut bien le croire, puisque mon séjour à Penroc semble m'avoir amené au bord de l'abîme, au bord de l'enfer.

Par le jeu des circonstances et des hasards, j'ai hérité de Penroc sans avoir connu son propriétaire. Cet homme ne m'était que vaguement apparenté.

Ma première réaction avait été de dire à mon notaire :

— Vendez, Maître. Avec cet argent, vous paierez les droits de succession...

Il ne désapprouvait pas ma prudente réserve, encore qu'il m'eût conseillé de me rendre sur place pour voir de quoi il s'agissait exactement.

Un mois avait passé. Pris par mon travail, je ne m'étais pas déplacé. Et puis j'étais tombé malade. Mon médecin affirmait qu'un séjour à la campagne me ferait le plus grand bien. Moi qui n'ai jamais aimé que la ville, j'envisageais sans grand plaisir cette halte forcée dont j'avais un urgent besoin. Paris seul comble mes vœux. J'aime cette vie trépidante et la solitude que l'on découvre dans la foule m'apaise.

Mon métier de dessinateur industriel me met à l'abri de grandes déconvenues. Je gagne assez pour m'offrir tout ce dont j'ai envie. Célibataire endurci, je ne pensais pas à en faire bénéficier une compagne...

Au volant de ma Peugeot rouge, je me rendis en Bretagne. Par Ploërmel, Josselin, Loudéac, j'approchai du petit village de Monbourg dans les alentours duquel est située « ma villa »...

Monbourg est très mal indiqué sur la carte que je possède. Je me perdis deux fois avant de le trouver, semblable à l'idée que je me faisais d'un village breton : quelques rares maisons aux murs gris blotties autour d'une église, petite mais fière avec son clocher pointu. Trois kilomètres le séparent de la mer. Trois kilomètres de trop, à mon avis. Seule la mer me fascine et m'attire. Elle seule donne du caractère à ce pays pauvre en soleil, du moins tel que je l'imaginais à l'époque...

Je savais que ma maison était située à l'écart. Voilà sans doute ce qui me procura cette sensation d'isolement et de deuil... Penroc avait l'air d'un vaisseau amarré à la falaise ou d'un tombeau...

Je frissonnai en contemplant cette grande bâtisse qui ne tire sa grâce que d'un enchevêtrement de lierre et de vigne vierge dont sa façade est recouverte. L'éclat du soleil rendait les vitres aveugles. Quant aux parterres qui, autrefois, avaient dû être beaux et luxuriants, ils s'étiolaient dans l'attente d'un jardinier qui ne venait pas.

Ayant abandonné ma voiture dans l'allée rocailleuse, j'avais l'impression d'avancer dans un domaine réservé aux fées ou aux génies. Ils devaient loger dans les futaies, à moins qu'ils n'eussent cherché refuge dans les rochers à flanc de falaise...

On m'avait vaguement dit qu'une vieille femme gardait la propriété et y était logée gracieusement eu égard à d'anciens et loyaux services.

— Mais, naturellement, vous n'êtes nullement obligé de vous soumettre aux habitudes de votre parent. Moyennant un dédommagement, vous n'aurez qu'à lui signifier son congé...

Ces quelques mots prononcés par le notaire me revenaient en mémoire, tandis qu'avec curiosité, je me demandais dans quelle aile s'était réfugiée Marie Adec. Une grosse tour agressive et lourde semble en effet couper la maison en deux tronçons inégaux dont l'un en surplomb sur la mer paraît la défier. Sans connaître la disposition des pièces, c'était là, pensai-je, que j'aimerais habiter.

Au jugé, je tentai de me rendre compte de l'état de la toiture. Je m'étais bien juré que si les réparations étaient trop importantes, je n'y engloutirais pas mes économies et laisserais la bicoque aller à son destin, à moins qu'un amateur de vieilles pierres, passionné de restauration, ne vînt m'en débarrasser. Hormis quelques tuiles que le vent avait déplacées et une cheminée qui menaçait de tomber, l'ensemble ne me parut pas en mauvais état. Mais cette estimation était toute relative et je me promis de monter dès le lendemain dans les greniers pour examiner la charpente. Ces considérations mises à part, je décidai de me laisser prendre au charme de Penroc. Le temps, au beau fixe, agrémenterait mon séjour en ces lieux dont j'enviais l'isolement. Pas un toit à perte de vue ! Pas âme qui vive ! Le repos et la tranquillité, je n'en demandais pas plus. Bien que je fusse venu de

Paris en deux étapes, je me sentais très las. Une sueur moite mouillait mon dos, ma nuque, et perlait à mon front. J'avais fait une chute de tension, et cette dernière était loin d'être redevenue tout à fait normale.

Je m'approchai de la porte d'entrée et, constatant qu'elle était fermée, j'actionnai avec vigueur le heurtoir. Les coups résonnèrent sourdement sans éveiller d'écho. Dans le vide, semblait-il... J'appelai avec force :

— Madame Adec ?

Aucune réponse ne me parvenant, je fis le tour de la demeure. Fermés, les volets rendaient les fenêtres du rez-de-chaussée inaccessibles.

De plus, un tas de fagots, un fouillis de mauvaises herbes et de ronces en interdisaient l'approche. Quand je crus possible d'examiner la façade arrière, je m'aperçus qu'elle donnait directement sur la mer. Un sentier de chèvre, dans les rochers, la longeait. Il m'apparut si dangereux que je ne me risquai pas à l'emprunter.

— Madame Adec ?

Mon irritation grandissait. A cet endroit l'eau moussait si fort sur les rocs noirs que, portés par le vent, ses embruns m'atteignirent. Je reculai. Parce que je ne possédais aucun moyen de pénétrer dans la maison, je m'en voulus de ne pas avoir envoyé un télégramme annonçant mon arrivée. Dans une heure, la nuit serait tombée. Il n'était plus question d'espérer la passer entre ces murs. Mon guide Michelin consulté en hâte m'ôta mes dernières illusions. Le village de Monbourg ne possède pas d'auberge. Allais-je devoir gagner Saint-Cast ?

Cette perspective ne m'enchantait guère. Je ne me sentais pas le courage de reprendre la route.

— Sale patelin, marmonnai-je en m'installant au volant.

Je n'avais pas refermé la portière qu'il me sembla voir une lumière briller dans l'encadrement d'une fenêtre, au premier étage, la seule dont les volets n'étaient pas clos.

— Saperlipopette ! Est-ce que je rêve ?

Je klaxonnai avec insistance, après avoir mis de nouveau pied à terre. La lumière s'était éteinte. Il s'agissait peut-être simplement de la reverbération du soleil sur les vitres... En tout cas, si Mme Adec était dans les parages, elle n'avait aucune excuse. Elle devait bien savoir que M. de Kéry avait un héritier et que cet héritier viendrait un jour ou l'autre prendre possession des lieux.

Puis il me vint à l'idée que le notaire n'avait peut-être pas fait le nécessaire pour prévenir la vieille femme. A moins... A moins qu'entre-temps elle ne fût décédée ? M. de Kéry était mort à quatre-vingt-deux ans. Sa vieille bonne l'avait peut-être suivi dans la tombe ?

Découragé, je remontai en voiture. Comme je tournais la clef de contact, le moteur ronronna, toussa et... cala ! Ce fut en vain que je tentai de le mettre en marche.

Je m'étais toujours vanté de m'y connaître assez en mécanique pour réparer une quelconque avarie. Seulement voilà, apparemment, ma Peugeot n'avait rien !

Au fur et à mesure que je me laissais aller à la colère, je prenais conscience du ridicule de ma conduite, et soudain, comme si quelqu'un eût été capable de me voir, mes nerfs se détendirent et je décidai de prendre mon mal en patience.

— Eh bien ! dis-je, il y a un sortilège à Penroc et m'en voici prisonnier !

Ces quelques mots prononcés à haute voix finirent de m'apaiser. Voyons, il était sûrement possible de pénétrer dans la maison.

A l'aide de mon cric de voiture, je pouvais fort bien peser sur un volet et en faire sauter le montant... Enfin, je pourrais aller à la découverte de mon domaine et y camper en attendant que le jour revînt et avec lui une solution aux impondérables dont j'étais la victime...

Energiquement, je m'attelai donc à ma tâche. Ce fut pour aller de surprise en surprise. Tandis que je m'attaquais au volet le plus proche de la porte, avec une rage d'autant plus grande que, malgré son aspect vétuste, le bois tenait bon, il me sembla entendre un léger grincement. M'étant reculé, je vis avec stupeur un énorme matou qui semblait me narguer sur les marches du petit perron. Derrière lui, la porte était encore entrebâillée...

— Ça par exemple !

D'un œil narquois, il semblait me dire :

— Qu'as-tu besoin de passer par la fenêtre quand la porte est ouverte ?

Je laissai choir mes instruments et m'approchai de la bête. Le poil hérissé, elle me cracha à la figure et disparut dans les buissons. A peine remis de ma stupeur, je poussai la porte avec une certaine appréhension. Ne m'étais-je pas tout à l'heure acharné à l'ouvrir, en vain ? J'ai beau ne pas être peureux et nullement influençable, il y a des choses qui dépassent l'entendement et je n'étais pas loin de penser qu'à Penroc s'exerçaient de curieuses forces. D'aucuns les auraient qualifiées de surnaturelles.

Résolument, pourtant, j'entrai dans la maison. Les derniers feux du jour qui y pénétrèrent à ma suite dessinèrent un rectangle de lumière sur le dallage usé du hall.

L'atmosphère ne sentait ni le renfermé ni ce parfum très particulier qu'exhalent les vieilles pierres et les meubles anciens. Avant de m'aventurer plus avant, je décidai d'aller chercher une lampe de poche dans ma voiture. J'avais pourtant l'intention d'ouvrir tous les volets, mais elle me serait utile pour me diriger de pièce en pièce.

Je n'avais pas fini de m'étonner. Alors que je croyais la maison sommairement meublée, je découvris qu'elle contenait non seulement le nécessaire, mais le superflu. Plusieurs pièces étaient séparées par des cloisons amovibles. Il s'agissait de salons qui, tous, aboutissaient à une très belle salle à manger en rotonde. Je m'empressai d'ouvrir les volets et l'éclat du soleil qui s'apprêtait à faire naufrage dans la mer m'environna d'ocre et de pourpre. Lui tournant le dos, je regardai autour de moi avec curiosité. Le vieux bahut breton supportait un cartel de bronze doré au balancier immobile. Près d'une photo passée, on avait disposé dans un vase de cristal un bouquet champêtre. Le portrait représentait un homme au menton volontaire et aux yeux perçants. Nul doute qu'il s'agissait là de mon bienfaiteur. Je lui adressai un signe de tête et un merci qui se heurta au silence. Quant au bouquet, il paraissait fraîchement cueilli. En hâte, je visitai les deux étages et le grenier. Je ne doutais plus que l'une des chambres fût occupée. A mon grand étonnement, je ne découvris aucune trace d'une présence féminine et pourtant, il n'y avait pas un grain de poussière sur les meubles !

Etrange...

Le bruit de mes pas éveillait des présences oubliées. Je n'aurais su dire quelle impression je ressentais en ces lieux. S'il est vrai que les objets reflètent l'âme de ceux qui les ont choisis et conservés avec amour, quel choc provoquait en eux ma présence ? Mes élucubrations me firent sourire. Ah ! Bretagne, terre de légende, comme tu m'influençais déjà !

Je remontai au premier et choisis la chambre qui me parut en rapport avec ma personnalité ; c'est-à-dire conforme à mes goûts de célibataire endurci.

Il n'y avait pas de salle de bains, mais un simple cabinet de toilette attenant. Les quatre autres chambres n'en étaient pas davantage dotées. Je finis cependant par en découvrir une au second. La baignoire me fit sourire. Elle avait tout l'air d'une grosse baleine munie de pieds. Mais là aussi régnait la propreté la plus méticuleuse. En tournant le commutateur, je m'aperçus avec soulagement que le courant n'avait pas été coupé. La glace qui me renvoya mon image me fit prendre conscience de ma fatigue. J'avais les traits tirés et le teint jaune. Mes yeux clairs, dont on me dit qu'ils changent selon mes émotions, étaient mornes. Ma bouche semblait crispée. Etait-ce là le don Juan que mes belles amies se plaisent à voir en moi ?

— Mon vieux, dis-je à haute voix, tu as besoin de te requinquer.

Dans le silence, une porte claqua. Je sursautai et me précipitai au rez-de-chaussée. Le gros matou s'était assis sur la table de la cuisine. Je tentai de l'approcher mais il se sauva. Parce que je n'avais rien pour l'appâter, je m'aperçus que j'avais moi-même un creux dans l'estomac. A midi, je m'étais à peine restauré, car je souffrais de nausées. Je n'aurais pas dû quitter Laval sans me munir de sandwiches, mais à quoi bon tempêter contre mon manque d'initiative ? Depuis le début de cette aventure, j'agissais avec une insouciance indigne de ma pondération habituelle...

Je grimpai de nouveau à l'étage, après avoir déchargé mes bagages ; puis j'entrepris de faire mon lit avec les draps de toile que je venais de découvrir dans l'armoire. Auparavant, j'assistai au plus beau coucher de soleil qu'il me fût jamais donné de voir. La mer était devenue rouge d'un sang inconnu et, tel un monstre repu, je la trouvai apaisée. Le grand vent des solitudes, quant à lui, ne balayait plus la lande.

Parce que je n'avais pu fermer la porte d'entrée qui n'était munie d'aucune clef, je ne m'endormis pas sans un peu d'inquiétude ; quoique les rôdeurs dussent être rares par ici, je gardais l'impression que quelqu'un me surveillait. C'était complètement farfelu ! Je mis sur le compte du jeûne cette étonnante sensation.

En pleine nuit, je fus réveillé par des « miaou » intempestifs. J'allumai ma lampe de chevet et constatai qu'il était minuit. Le chat, près de ma porte de chambre, me demandait de lui ouvrir. Il avait dû se réfugier sous le lit, car je ne m'étais pas aperçu de sa présence.

Ayant enfilé une robe de chambre, je réussis à l'attraper au moment où il s'y attendait le moins. S'il ne chercha pas à me griffer, il se mit à miauler avec plus de vigueur encore.

— Qu'as-tu entendu ? dis-je. Des fantômes ?

Je lui grattai le menton et obtempérai à son désir. Dès que je l'eus lâché, il fila dans le corridor et dans l'escalier. Ce fut alors qu'il me sembla apercevoir une lueur rougeoyante. Intrigué, je descendis à mon tour.

Je ne m'étais pas trompé. La lumière provenait de la salle à manger, la plus belle pièce de la maison, avec ses fenêtres en rotonde, ses poutres apparentes, ses meubles typiquement bretons... Comme j'étais sûr d'avoir éteint partout avant de me coucher, je n'avançai pas sans une certaine méfiance. A ma grande surprise, un bon feu pétillait dans la cheminée rustique. Sur la table avait été dressé un couvert près duquel attendait un souper froid. Il y avait du poulet, une mayonnaise, une salade parsemée de noix et un compotier rempli de belles pommes rouges. La vaisselle était rustique, mais l'argenterie marquée des initiales du maître des lieux, « R.K. », étincelait.

La vue de toutes ces bonnes choses réveillait mon appétit, bien que je fusse préoccupé de savoir qui s'était donné tant de peine pour moi...

Les autres pièces étaient dans le noir le plus complet. Je les allumai les unes après les autres dans l'espoir d'y découvrir une présence...

— Où êtes-vous ? dis-je, résolu à éclaircir ce mystère.

Il me sembla entendre un furtif bruit de pas en provenance de la cuisine. Je m'élançai aussitôt en cette direction. L'air froid de la nuit s'introduisait dans la maison et me frappa au visage. Je m'arrêtai, interdit. La porte qui donnait sur l'étroit sentier au bord de la falaise battait encore... Je la retins en tentant de scruter le paysage que la lune éclairait d'un halo magique.

— Qui que vous soyez, revenez ! criai-je.

Mais le ressac couvrit aussitôt ma voix. Cependant, je m'époumonai un long instant.

Un cormoran réveillé dans son sommeil battit des ailes au-dessus de ma tête. Ce fut là toute la réponse que je pus obtenir. Découragé, je refermai soigneusement la porte, un peu frileux soudain.

Mon excitation tombait. J'étais prêt à croire que j'avais rêvé et sans doute en aurais-je été persuadé si, dans la salle de séjour, n'étaient restées des preuves tangibles... Je fis honneur au repas. Bien que simple, jamais souper ne me parut plus succulent.

Je le devais probablement à Marie Adec... Marie Adec qu'une trop grande discrétion et beaucoup de timidité faisaient agir de la sorte, face à ce nouveau maître — en l'occurrence moi-même — qu'elle devait redouter sans trop savoir pourquoi...

Je décidai de me rendre au village de Monbourg, dès le lendemain matin, et d'enquêter sur l'originale vieille bonne dont, assurément, M. de Kéry n'avait pas eu à se plaindre, car elle était une excellente cuisinière, si j'en jugeais à la saveur de ce poulet aux aromates...

Je passai le reste de la nuit à m'interroger, puis je finis par m'endormir comme l'aube se levait.

Parce que j'avais oublié de clore les volets, la chaleur du soleil sur ma joue m'éveilla. Je dois dire que cette bienfaisante caresse me confirma dans l'idée que, finalement, je n'avais pas si mal choisi. Le beau temps qui semblait vouloir persister me faisait envisager mon séjour sous les meilleurs auspices. Avant mon départ de Paris, mes amis s'étaient récriés :

— La Bretagne, en mars, vous n'y pensez pas ! Choisissez plutôt la Côte d'Azur...

Eh bien ! non, je ne regrettais rien.

Je m'enfermai dans la salle de bains et en sortis une demi-heure plus tard, frais et dispos. Je n'avais pas omis d'emporter avec moi des vêtements de sport grâce auxquels j'aurais la sensation d'une vraie liberté. Vêtu d'un pull blanc et d'un jean assorti, je ne me trouvai cependant guère à mon avantage, tant mes traits paraissaient souffreteux, ce qui me rappela que, la veille, je n'avais pas pris mes médicaments. Après les avoir consciencieusement avalés, je fis mon lit et descendis au rez-de-chaussée non sans me demander ce que j'allais y trouver.

Dans la salle à manger, les reliefs de mon souper avaient disparu. A la place, on avait disposé un petit déjeuner de faïence près duquel se trouvaient un pot de beurre, du pain, de la confiture. A la cuisine, sur le fourneau à gaz, étaient posées une casserole de lait et une autre de café noir fraîchement passé.

J'aurais dû me montrer satisfait de toutes ces prévenances, mais les agissements de Marie Adec finissaient par me porter sur les nerfs. Pour la remercier, j'aurais voulu la tenir à bout de bras, là, devant moi, or, je ne happais que du vide et ne me heurtais qu'au silence.

Je me restaurai sans grand plaisir, puis, haussant les épaules, je me dis que je finirais bien par élucider ce mystère, quitte à monter la garde et à surprendre enfin la vieille femme dans ses travaux ménagers.

Cependant, je griffonnai quelques lignes sur un morceau de papier que je mis en évidence sur la table :

« Madame Adec, j'aimerais faire votre connaissance.
« Pourquoi ne viendriez-vous pas dîner avec moi, ce
« soir ? »

Satisfait, je me dirigeai vers ma Peugeot. Par acquit de conscience, je me mis au volant et actionnai la clef de contact. A ma grande surprise, le moteur ronfla comme si de rien n'était ! Joyeusement, je courus chercher mes papiers et mon portefeuille, après quoi, négligeant de m'occuper davantage de la maison, je me rendis à Monbourg. Pour l'atteindre, je longeai la falaise et découvris le cap Fréhel dans toute sa majesté. Pas un nuage ne voilait le bleu du ciel ; l'air vif et pur, chargé de senteurs marines, me grisait. Je me promis d'aller à pied jusqu'à la pointe du cap un de ces prochains jours.

La veille, je n'avais fait que traverser Monbourg. Je le redécouvris à trois kilomètres en retrait dans les terres. Tout de suite, je m'étonnai d'y trouver d'aussi jolies maisons en encorbellement dont deux étaient ornées de statues de saints séparés par des grotesques.

En pénétrant dans l'épicerie-bazar, où régnait un bric-à-brac inimaginable, je crus bon de m'extasier sur ces détails d'architecture.

— Nous en sommes très fiers ici, Monsieur, me dit la vendeuse dont le visage venait de s'éclairer. Certains les ont même comparés à la maison de la reine Anne à Morlaix. Si les belles choses vous intéressent, allez voir notre calvaire. Il se trouve à l'autre bout du village.

— Je vous y conduirai volontiers, si vous le désirez, me dit une jeune fille qui avait pénétré après moi dans la boutique.

Son sourire me conquit. Je le lui rendis en la remerciant chaleureusement :

— Avec plaisir, Mademoiselle, mais permettez-moi de me présenter : Gautier Landasle. J'habite Penroc, ajoutai-je, vous savez, cette grande maison sur la falaise...

A n'en pas douter, elle la situait très bien. Hochant la tête, elle me dit :

— Seriez-vous l'héritier de M. de Kéry ?

— Tout juste ! L'avez-vous connu ? — Et comme elle acquiesçait : — Moi, je n'ai pas eu cette joie. J'ignorais jusqu'à l'existence de ce parent lointain...

— Je me demande s'il n'aurait pas mieux valu que vous l'ignoriez toujours... Ce n'est pas un très beau cadeau qu'il vous a fait là...

Délibérément, elle avait franchi le seuil du magasin. Je la suivis dans la rue, un peu fâché qu'elle osât critiquer mon bien.

— Oh ! répliquai-je, Penroc n'est pas si mal et avec quelques transformations, j'en ferai même une petite merveille...

— Allez-vous l'habiter ? Je veux dire : continuellement ?

— Trois mois sans doute, pour commencer. J'ai grand besoin de repos, Mademoiselle. Mademoiselle comment, au fait ?

— Sandrine Leguérec. Je suis la fille d'Hector Leguérec, le seul médecin de ce petit bled. Nous habitons à l'entrée du village. Il faudra venir nous voir... Maman sera ravie de vous accueillir. Les distractions sont rares à Monbourg. Et elle se plaint de ne pouvoir voisiner, car elle ne comprend rien à la langue que l'on parle ici. Moi non plus, d'ailleurs... Au moment où l'on fait l'Europe, ne trouvez-vous pas ridicule, Monsieur Landasle, cet individualisme qui règne en province ?

Je l'approuvai. Visiblement, nous sympathisions.

— Votre calvaire est-il loin ? questionnai-je avec inquiétude.

Comment faire comprendre à cette jeune fille que je ne tenais pas à m'aventurer dans une promenade longue et pénible. Mes mains moites, la sueur qui perlait déjà à mon front témoignaient de ma faiblesse.

Non, je n'étais pas encore guéri... Et je me blâmais d'avoir goûté à la mayonnaise de Marie Adec. Oh ! seulement sur la pointe d'un couteau, mais c'était encore trop...

Sandrine Leguérec prit-elle conscience de ma mauvaise mine ? Elle proposa :

— Nous irons demain, en empruntant votre voiture, jusqu'au pied de la colline...

— Bonne idée ! A quelle heure ?

— Onze heures, voulez-vous ?

— Je viendrai vous chercher, dis-je. Et merci de me servir de guide. Vous êtes la providence des touristes !

— Je ne vous considère plus comme un touriste, répliqua-t-elle vivement, puisque vous habitez Penroc...

Aurait-elle préféré que je fusse un simple passant ou bien m'en voulait-elle de vivre à Penroc ? Je définissais mal ses pensées.

— Eh bien ! au revoir, me dit-elle en me tendant la main. A demain.

Je la vis partir avec regret. Son visage juvénile, sa silhouette séduisante me ravissaient. Sans savoir pourquoi, je fus très content de moi, très content de ce premier contact avec les habitants de Monbourg... Il fallait que je me fisse des amis, sans lesquels trois mois dans ce patelin perdu seraient durs à supporter. J'oubliais que, la veille encore, je me vantais d'aimer la solitude par-dessus tout...

CHAPITRE II

Je fis des emplettes, ce qui m'amena à rencontrer quelques personnes et à me faire connaître d'elles. Lorsqu'on me demandait où j'habitais et que je précisais « à Penroc », les visages, aussitôt, s'allongeaient. J'avais l'impression qu'on me prenait en pitié, ce qui n'était pas sans m'intriguer et m'énerver à la fois. A la fin, je voulus en avoir le cœur net. Je questionnai une brave paysanne qui vendait ses légumes sur la petite place, parce qu'elle s'était montrée plus communicative que les autres.

— Le simple nom de Penroc semble vous inspirer de la commisération et une sorte de crainte. Etant donné que je suis nouveau au pays, ne serait-il pas charitable de me dire pourquoi ?

Elle hocha la tête, appréhendant de parler et pourtant désireuse de me renseigner.

— Bah ! s'exclama-t-elle, quand quelqu'un vient à décéder, les vieilles histoires remontent à la surface... Forcément... Nous estimions beaucoup M. de Kéry, mais nous ne l'avons jamais envié de finir ses jours à Penroc, avec tous les malheurs qu'il a eus dans sa vie... Savez-vous ce que vous devriez faire, Monsieur ? Aller voir le curé Bellou. A cette heure-ci, il est sûrement chez lui. Oui, c'est certainement une bonne idée ! continua-t-elle en retrouvant le sourire, visiblement soulagée de ne pas avoir à s'entretenir plus longtemps avec moi d'un sujet aussi délicat.

Je la remerciai. A peine avais-je fait quelques pas en direction de l'église que je me retournai :

— Et Marie Adec ? dis-je. N'avez-vous rien à m'apprendre sur Marie Adec ?

Elle leva les yeux au ciel :

— Paix à son âme ! Nous savions bien qu'elle ne tarderait pas à suivre M. de Kéry dans la tombe... En bon chien fidèle qu'elle était...

— Etes-vous sûre ?

— Sûre de quoi, Monsieur ?

— Qu'elle est morte ?

La brave paysanne me foudroya du regard :

— Ce ne sont pas des choses avec lesquelles on plaisante généralement, ici moins qu'ailleurs !

J'insistai :

— Quelqu'un d'autre vit-il à Penroc ? — Et, comme elle pâlissait : — M. de Kéry avait-il d'autres domestiques ?

— Vous ne voulez pas dire que... que vous l'avez vue ?

— Qui ?

Elle pinça les lèvres et je sentis que je ne pourrais plus rien en tirer. Du reste elle me tourna délibérément le dos après m'avoir lancé :

— Suivez mes conseils... Allez voir le curé Bellou.

Il ne me restait plus qu'à m'exécuter, ce que je fis sur-le-champ, tant j'étais démonté. Malgré les douze coups de midi qui sonnaient au clocher, je ne renonçai pas à ma visite. Tout ce qui m'intriguait depuis la veille prenait, depuis ma conversation avec la paysanne, une ampleur imprévisible. Je voulais connaître l'histoire de Penroc. Je voulais savoir ce qui s'était passé entre ces murs. Ma curiosité n'était-elle pas légitime ?

Le prêtre lui-même vint m'ouvrir. C'était un homme d'un âge certain, vêtu à l'ancienne mode d'une soutane usagée bien que très propre. Derrière les lunettes, les yeux étaient petits et rieurs, d'un bleu délavé. Ils démentaient la sévérité de la bouche et le menton volontaire.

— Pardonnez-moi de venir vous déranger à cette heure, Monsieur le Curé. Mais il me tardait de me présenter à vous. Je suis le nouveau propriétaire de Penroc...

Parce que je guettais sa réaction, il me sembla qu'il avait tressailli. Il me regarda avec plus d'attention :

— Vous êtes jeune et je m'en réjouis. Vous amènerez de la gaieté à Penroc ! La vie y fleurira de nouveau ! Dieu soit loué ! Pas plus tard qu'hier, je déplorais que cette belle demeure soit ainsi condamnée à la dégradation et à l'oubli... En hiver, le mauvais temps qui sévit le long des côtes bretonnes ne l'épargne guère. Si elle échappe aux assauts de la mer, elle subit la fureur des vents. Au début, vous aurez peut-être du mal à vous y habituer. Souhaitons que la sauvage beauté du site vous touche et vous retienne.

Il avait joint les mains. Il les décroisa pour m'inviter à pénétrer dans son logis :

— Je crois avoir dans ce placard une bouteille de liqueur de myrtilles... Nous allons en prendre un petit verre. C'est un grand jour que votre arrivée. Il faut fêter ça !

— Vous semblez vous en réjouir, dis-je. M'expliquerez-vous pourquoi tant de vos compatriotes n'envisagent pas mon séjour à Penroc avec sérénité ?

— Ah ! s'exclama-t-il. Aurait-on voulu vous décourager ? N'accordez pas d'importance à leurs paroles. Parodiant le Christ, j'ajouterai : « Ils ne savent pas ce qu'ils disent ! »

— Si je ne craignais pas d'abuser de vos instants, je me permettrais de vous rapporter quelques faits curieux...

Tout en remplissant les verres qu'il avait sortis d'une armoire vermoulue, il m'invita à parler. Soudain, je ne savais plus de quelle façon commencer. Ce que j'avais à dire me paraissait puéril, inconsistant... et ne méritait guère d'être raconté... Le prêtre m'incita à m'épancher après avoir trinqué.

— Pardonnez-moi si je n'y touche pas, mais l'alcool m'est formellement interdit.

En quelques mots brefs, je lui parlai de ma maladie, l'unique raison qui m'avait amené en Bretagne, car cette histoire d'héritage n'aurait pas été suffisante pour m'arracher à mon labeur quotidien et il n'était même pas sûr que j'aurais profité de mes vacances — que je prenais en général en septembre — pour m'occuper de mon bien.

De fil en aiguille, j'en vins à parler de mon arrivée à

Penroc et de l'atmosphère étrange qui tout aussitôt m'avait paru imprégner les lieux. Je lui parlai du chat, de la porte qui s'était mystérieusement ouverte, alors que j'étais certain de l'avoir trouvée fermée, de la panne de ma petite Peugeot, panne qui, le lendemain, m'était apparue comme n'ayant jamais existé... Je lui décrivis mon repas de minuit et mon petit déjeuner.

— J'étais persuadé que la personne charitable qui s'occupait ainsi de moi était Marie Adec, continuai-je. Mais il paraît qu'elle est décédée ?

C'était une question, plus qu'une affirmation. Le prêtre hocha la tête :

— Hélas ! Je savais bien qu'elle ne se consolerait pas d'avoir perdu M. de Kéry. Il régnait entre ces deux êtres autre chose que des rapports de domestique à patron. Oh ! rien que de très louable ! Mais ils avaient passé tant d'épreuves ensemble que ces dernières les avaient rapprochés, unis indéfectiblement... Je ne sais pas si vous me comprenez, Monsieur Landasle...

— Très bien, dis-je.

— Voyez-vous, le malheur semble parfois prendre un plaisir malin à s'acharner sur une famille, à la décimer. Les pires catastrophes s'abattent sur les habitants d'une maison et l'on en vient alors à se demander si la maison en question n'est pas en cause... Mes paroissiens n'ont pas manqué de broder sur ce thème. Ne vous étonnez donc pas s'ils vous regardent comme un phénomène. Certains vous trouvent sans doute bien intrépide d'oser vivre en ces lieux... Ce ne sont là que superstitions, mon fils. N'en prenez pas ombrage... Et surtout, ne vous laissez pas influencer !

— Je vous assure que j'ignorais tout cela quand j'arrivai à Penroc.... Eh bien ! il n'empêche que j'ai ressenti une impression bizarre... Vous devez bien savoir qui, Monsieur le Curé, s'est ainsi occupé de moi ?

— Larissa, probablement. C'est tout à fait dans ses manières.

— Je conçois que l'on soit discret, mais à ce point-là ! Qui est Larissa ?

— La femme de Kelvin et donc la belle-fille de Roger de Kéry, votre bienfaiteur.

— Et c'est à moi que revient l'héritage ? Décidément, je ne comprends plus !

— On serait étonné à moins...

— Mais où habite-t-elle ? Je n'ai trouvé aucune trace de sa présence à Penroc, ni vêtements, ni linge...

— Elle a depuis longtemps déserté cette demeure pour s'installer dans une sorte de pavillon à la limite du domaine. D'aucuns précisent qu'elle n'a jamais que ce qu'elle mérite. Je suis, quant à moi, persuadé du contraire. C'est pourquoi je ne vous conterai pas l'histoire de Larissa, tant que vous ne l'aurez pas rencontrée. Vous devez d'abord vous faire une opinion par vous-même. J'y tiens beaucoup. Plus tard, vous comprendrez pourquoi...

Il semblait que le prêtre ne fût pas décidé à m'en apprendre davantage. Discrètement, il regarda sa montre. Je me levai aussitôt :

— J'ai abusé de votre temps...

— Je ne vous en dirai pas plus long aujourd'hui, jeune homme. Nous en parlerions encore à l'heure du dîner ! Or, je dois déjeuner rapidement et me rendre à Saint-Cast cet après-midi. Mais revenez... aussi souvent que vous en aurez envie. Je répondrai toujours à vos questions dans la mesure de mes moyens. Une dernière recommandation : ne laissez pas vagabonder votre imagination. Le merveilleux imprègne suffisamment nos légendes. Je vous assure qu'il n'est nullement besoin d'en saupoudrer la vie quotidienne !

Il y avait un peu de moquerie dans ces derniers mots.

Je quittai le prêtre en le remerciant chaleureusement de son bon accueil.

Sur la petite place ombragée par l'église, je retrouvai ma voiture. Sans trop savoir pourquoi, je n'eus pas envie de rentrer déjeuner à Penroc. J'avais acheté une tranche de jambon et du pain. Je décidai de me contenter de ce sandwich et d'aller le manger au bord de la mer.

Ensuite, je ferais une petite sieste, puis, si l'envie m'en prenait, quelques croquis au fusain du site que j'aurais choisi. C'était un hobby dont je ne me lassais guère. Mes amis me trouvent du talent et se moquent gentiment de moi, en prétendant que je ne me plais qu'un crayon à la main, dans le travail, comme dans la distraction. Un peintre en renom m'avait encouragé à exposer. Je me promis de suivre ses conseils.

Je roulai pendant plusieurs kilomètres, incapable de choisir un lieu de stationnement, tant la vue qui s'offrait à moi me charmait. Je finis par m'arrêter dans un petit sentier à peine carrossable d'où je dominais la baie de la Frénaye. La légère brume, signe de beau temps, qui atténuait le bleu du ciel ne masquait pas à ma gauche la silhouette féodale de fort La Latte, et à ma droite la pointe de Saint-Cast. Je me dis que j'aurais pu proposer au prêtre de l'emmener jusque-là.

Bah ! il me pardonnerait mon manque d'initiative.

Mon sandwich fut bien vite avalé, sans pouvoir l'accompagner d'aucune boisson, car j'avais omis d'acheter du Vittel. A Penroc, l'eau du robinet avait la saveur d'une eau de source... Et me voilà de nouveau en train de penser à ma demeure. J'avais peine à croire qu'elle m'appartenait. De là à disséquer les paroles du curé Bellou, il n'y avait qu'un pas... Pourquoi Larissa de Kéry n'avait-elle pas hérité de Penroc ? Quels étaient les motifs qui avaient poussé son beau-père à la déshériter ? Ils ne pouvaient qu'être graves. Or, on m'avait dit en quelques mots beaucoup de bien de M. de Kéry. Il semblait jouir de l'estime générale.

Sans qu'on m'eût réellement parlé de Larissa, je me sentis prévenu contre elle. Qu'espérait-elle en s'introduisant chez moi ? Pourquoi se montrait-elle si serviable ? Un étranger et un spoliateur, je ne pouvais représenter autre chose à ses yeux. Cette conclusion me mit mal à l'aise. Je n'ai jamais aimé les intrigues.

Pour me distraire de mon obsession, je dus plusieurs fois avoir recours à des stratagèmes. Après une courte promenade dans la lande et avoir lu une bonne partie du livre sur la Bretagne dont j'avais fait l'acquisition le matin même, je fis quelques esquisses qui m'apportèrent de la satisfaction. La Côte d'Emeraude ne manque pas d'attrait pour un artiste. Bien que ce mot soit un peu trop pompeux pour s'adapter à mes modestes talents, je me reconnais un tempérament fantaisiste. J'ai toujours préféré l'imprévu à la routine. Je me détourne avec découragement des gens que l'enthousiasme ne touche pas. Ils me font penser à de simples cailloux sur un chemin. La pluie peut bien ruisseler sur eux, ils n'en retiennent rien...

De réflexions artistiques en considérations philosophiques, je me découvris fatigué. Il était bien 17 h 30 quand je me pelotonnai sur la banquette arrière de ma Peugeot.

Mon intention était de somnoler une demi-heure. En fait, je dormis deux heures !

Je me levai en hâte. N'avais-je pas convié ma mystérieuse inconnue à dîner ? Soudain je m'avisai qu'ayant lancé cette invitation, j'aurais dû prendre la précaution d'acheter quelques victuailles. Au lieu de cela, je m'étais tout bonnement fié aux capacités culinaires de celle que je croyais être Marie Adec ! On ne se montrait pas plus insouciant !

Contrarié, je décidai de rentrer à Penroc sans m'attarder davantage. Il aurait été normal que le maître de maison fût là pour accueillir son invitée. N'allait-elle pas mal me juger ?

Je détestais me trouver en position d'infériorité.

— Oh ! et puis après tout, pensai-je en haussant les épaules, je n'ai pas demandé à Larissa de Kéry de me servir de bonne...

C'était même une situation tout à fait gênante à laquelle je me promis de mettre fin courtoisement, mais fermement.

Ce ne fut pas sans un peu d'appréhension, cependant, que j'allai au rendez-vous. Dès que j'eus franchi le portail, je fus de nouveau sensible à l'atmosphère très spéciale dont étaient imprégnés les alentours immédiats de Penroc. Le crépuscule, moins flamboyant que la veille, ajoutait encore à la tristesse du lieu. La mer sous la caresse des zéphyrs aurait pu susurrer quelque mélodie, mais elle avait trop l'habitude de harceler les rochers pour y renoncer tout à fait.

A dessein, je fis ronfler le moteur de la Peugeot. Je voulais avertir Larissa de ma présence. Parce qu'elle pouvait aller et venir en ma demeure, je ne m'y sentais pas encore chez moi. Je me promis de faire changer les serrures des portes donnant sur l'extérieur. Il était temps de mettre fin à une intimité qui me gênait. Aussi louables qu'eussent été les intentions de la belle-fille de M. de Kéry, j'entendais qu'elle n'entrât pas à Penroc comme dans un moulin.

J'y pénétrai moi-même en faisant sonner mes pas sur le dallage du hall, tout en appelant « Minou, Minou », ce qui était une façon de me donner une contenance, et si le chat daignait paraître, d'engager plus facilement la conversation avec mon invitée. Quand je m'aperçus qu'un seul couvert avait été dressé sur la table de bois ciré, une grande déception m'étreignit. A la cuisine, fumait encore le potage qu'on m'avait préparé... Il y avait quelque chose de dédaigneux dans cette façon de s'occuper de moi tout en refusant de me rencontrer qui me mit dans une grande colère. Tel un enfant capricieux, je lançai un coup de pied au fourneau.

— C'est impensable ! m'écriai-je. Impensable !

Puis il me vint à l'idée que je n'agissais peut-être pas comme le protocole l'exigeait. C'était moi l'arrivant, moi qui débarquais à Penroc sans crier gare ! C'était donc à moi de me rendre chez Larissa de Kéry. Je la remercierais de sa sollicitude et nous en resterions là.

Si je m'en référais à ce que l'on m'avait appris, elle habitait un pavillon à la limite du domaine. Il ne serait sans doute pas difficile de le découvrir...

Insouciant de l'heure tardive et de la nuit qui commençait à envelopper les êtres, je m'élançai dans la campagne, avec, en main, une des nombreuses lanternes à pétrole dont la maison est dotée. En effet, par temps de tempête, les pannes d'électricité ne sont pas rares dans ce coin perdu.

Je pris le sentier qui me parut servir le plus souvent, car l'herbe y était froissée et la terre battue. Je n'avais pas parcouru deux cents mètres que je m'aperçus qu'il se rétrécissait pour brusquement aboutir dans une combe. Désorienté, je tentai de distinguer la masse sombre d'une maison, mais la nuit égalisait le terrain. Près d'un petit bois de chênes, je découvris un cromlech. Cet amas circulaire de menhirs dressés sous le ciel sans étoiles évoquait quelque cérémonie magique venue du fond des âges...

J'eus beau me dire que ces témoins d'un passé révolu ne servent plus à rien sinon à intriguer les touristes, leur présence au milieu de cette lande que j'avais imaginée uniforme et que je découvrais accidentée avait quelque chose de lugubre.

Je les contournai après avoir allumé la lanterne. La faible lueur que cette dernière projetait devant moi ne me fit pas découvrir un semblant de chemin ou une piste quelconque. L'herbe haute et drue laissait supposer qu'on venait peu en ces lieux. Le souffle de la mer semblait bercer la nuit, sans empêcher les oiseaux nocturnes de procéder à leur infatigable veille. Dans cette immensité, je me sentis soudain misérable et insignifiant. Au diable Larissa de Kéry ! Il serait suffisamment temps d'aller lui présenter mes hommages le lendemain !

Derechef, je fis demi-tour tout en me morigénant. Depuis mon arrivé, je ne faisais preuve d'aucune logique, d'aucun bon sens. La fièvre à laquelle j'étais encore en proie de temps à autre en était-elle cause ? Assez peu vêtu, je m'aperçus que je grelottais.

« Il ne manquerait plus que je retombe malade ! » pensai-je avec crainte. Non, je n'étais vraiment pas raisonnable. Parce qu'à Penroc j'avais laissé allumé le lustre de la salle à manger, cette lumière dans les ténèbres me fit chaud au cœur. Beaucoup de mes amis m'auraient envié de posséder une aussi belle demeure. Ses hauts murs avaient vraiment grande allure sous le ciel sombre. Pourquoi M. de Kéry n'y avait-il trouvé que désolation et amertume ? Les choses, l'environnement d'un être sont-ils capables de concourir à son destin ? Non, jamais je ne croirais les élucubrations des habitants de Monbourg. Le curé Bellou n'avait pas besoin de me mettre en garde.

De retour au bercail, je me résignai à dîner seul. Sur le bahut, le cartel que j'avais pris la précaution de remonter hachait le temps à petits coups réguliers. Je regrettai que le chat eût déserté lui aussi Penroc. Dans le silence, le moindre choc des couverts contre l'assiette prenait une importance considérable.

— Je n'ai pas faim, décrétai-je en dédaignant le plat de viande froide pour attirer à moi le compotier.

Le son de ma propre voix me parut déformé et sourd. J'eus l'impression de déranger quelque chose d'immuable. Aussi pris-je la résolution de ne pas demeurer plus longtemps seul dans cette vaste maison. Dès le lendemain, je me mettrais en quête d'une bonne, moins pour le travail qu'elle ferait que pour le bénéfice de sa présence.

Comme si Larissa de Kéry eût pu, à distance, deviner mes pensées et s'en fût vexée, elle ne vint ni ce soir-là ni à l'aube pour faire la vaisselle et remettre la cuisine en état. Il me fallut donc procéder moi-même à son rangement, après quoi je me précipitai au rendez-vous que m'avait fixé Sandrine Leguérec.

Il ne me fut pas difficile de trouver sa demeure, tout à l'entrée du village. La jeune fille m'attendait sur le seuil. Elle me fit un grand signe de la main et s'empressa de monter en voiture.

A l'intérieur, quelqu'un souleva le rideau de voile qui masquait l'une des fenêtres du rez-de-chaussée. Sans doute Mme Leguérec avait-elle tenté de m'apercevoir.

— Je ferai une visite de courtoisie à vos parents, dis-je.

Sandrine approuva de la tête :

— Ainsi qu'au maire et au curé.

— Pour ce qui est du curé, c'est déjà fait, enchaînai-je, ravi de retrouver la jeune fille semblable à l'image que j'avais gardée d'elle.

Vive, enjouée, elle n'était nullement ennuyeuse et se montra un guide parfait. Soucieuse de m'épargner toute fatigue, elle s'arrangea pour que nous puissions utiliser la voiture le plus longtemps possible. Le chemin poussiéreux aboutissait au pied de la colline à l'assaut de laquelle un raidillon s'élançait.

— Maintenant, si vous voulez vraiment voir le calvaire, il va falloir monter à pied...

— Vous allez me prendre pour un vieillard incapable du moindre effort, dis-je en hochant la tête.

— Bien sûr que non. J'ai parlé de votre maladie à mon père. Vous avez dû être mal en point... D'ailleurs, votre mine en dit long à ce sujet... Mais le bon air de ce pays y remédiera très vite.

— Je l'espère...

Nous marchions lentement et, de temps à autre, je m'arrêtais pour souffler un peu.

— Connaissez-vous Larissa de Kéry ? demandai-je à brûle-pourpoint.

Je la vis changer de visage. Elle me répondit par une autre question :

— L'auriez-vous découverte confortablement installée à Penroc ? Elle n'aurait pas eu ce toupet tout de même ?

— Diable ! vous n'avez pas l'air de lui vouloir beaucoup de bien !

Elle pinça les lèvres et se reprit :

— Oh ! personnellement, cette femme ne m'a jamais rien fait, mais avec tout ce qu'on raconte sur elle...

— Quoi donc ? — Et comme elle hésitait : — Allons, soyez gentille, mettez-moi au courant. N'est-ce pas un service à me rendre ?

— Que vous a dit le curé Bellou ?

— Peu de chose... Si j'ai bien compris, Penroc a servi de cadre à un drame familial. Accuserait-on ces vieilles pierres d'en être indirectement la cause ?

Il y avait de l'ironie dans ma voix. Mon scepticisme de Parisien évolué la fit mettre en colère :

— La Bretagne est peut-être superstitieuse, Monsieur Landasle, mais dans le cas présent, on le serait à moins et je comprends fort bien la réaction des habitants de mon village ! Savez-vous comment on appelle Mme de Kéry ? La sorcière !

Elle parut fort satisfaite de mon air ébahi. Je renchéris sévèrement :

— Et qu'est-ce qui à vos yeux justifie un tel surnom ?

— La succession de malheurs qui ont frappé un à un les Kéry depuis que cette femme a pénétré à Penroc, il y a tout juste dix ans de cela !

— En somme, vous prétendez qu'elle a le mauvais œil...

— Certains voient les choses de cette façon, d'autres sous un angle plus réaliste. Cherchez à qui le crime profite...

— Mais c'est très grave ce que vous me dites là ! Larissa aurait-elle été inquiétée par la police ?

Sandrine inclina la tête :

— Oui. A la mort de son mari qui s'éteignit comme la flamme d'une lampe privée d'huile. Auparavant, elle avait été interrogée lors de l'accident de cheval qui coûta la vie à son beau-frère. On prétend que le cheval était drogué.

Elle se tut, assez satisfaite de l'effet que ses paroles provoquaient en moi. Je répliquai avec effort :

— Le curé Bellou ne traite cette femme ni de criminelle ni de sorcière. Il m'a bien recommandé de ne pas la juger tant que je ne l'aurais pas rencontrée...

Ma compagne eut un geste d'effroi :

— Vous n'avez pas l'intention de rechercher sa compagnie ?

— Ma foi non, dis-je, mais je lui dois des remerciements pour la façon dont elle a pris soin de moi depuis mon arrivée.

En quelques mots je la mis au courant. Elle s'insurgea :

— Trouvez-vous naturelle cette façon d'agir ?

— Peut-être tient-elle à justifier sa réputation de sorcière ! répliquai-je en riant. Cette Larissa est une bien étrange personne. Voilà qui suffit à m'inspirer de la curiosité...

— Promettez-moi au moins de ne pas commettre d'imprudences... Elle pourrait chercher à vous nuire et...

— Voyons, si Mme de Kéry a commis tant de forfaits, ce n'était sans doute que pour hériter de Penroc... Reconnaissez donc qu'elle a échoué. S'y prendrait-elle de toutes les façons possibles et imaginables qu'elle ne pourra jamais récupérer ce qu'elle a laissé échapper...

— Oh ! Elle pourrait user d'un stratagème...

— Lequel ?

Sandrine se détourna. Elle bredouilla :

— Que sais-je ?

J'étais loin d'imaginer ce qu'elle venait d'entrevoir. Aurais-je pu saisir sa pensée que j'aurais éclaté de rire.

Nous étions enfin arrivés au bout de notre course. Devant nous, majestueusement, se dressait le calvaire. Fort beau, il mérite en effet le déplacement. Je m'étonnai de la foule de personnages qui ornent le socle.

— Ce sont des scènes de la Passion, me dit Sandrine, et, regardez, de chaque côté de la croix les anges qui recueillent le sang qui s'écoule des blessures du Christ...

— A l'église d'Heiligenblut en Autriche, on peut contempler une partie de ce sang... enchaînai-je. Il a été transvasé dans une coupe ciselée et est enfermé derrière des grilles dorées. Les croyants, pour la plupart des touristes, ne manquent pas d'aller s'agenouiller devant lui.

— Sans doute avez-vous beaucoup voyagé ?

— Oui, plus souvent pour mon travail que pour mon plaisir. Mais en Autriche, j'étais libre comme l'air, c'est pourquoi j'en garde un souvenir ébloui...

La jeune fille soupira :

— J'aimerais aussi m'évader, Monsieur Landasle. Hélas ! je ne suis pas près de quitter Monbourg ! Non pas que je sois malheureuse ici, ajouta-t-elle vivement, mais il y a si peu de distractions...

— Serait-ce abuser de votre gentillesse que de vous demander de me faire connaître d'autres lieux intéressants ? questionnai-je.

J'étais sûr de la réponse, persuadé que Sandrine se plaisait en ma compagnie. Ne voyez là aucune prétention de ma part. Assez beau garçon pour attirer d'emblée l'attention des jeunes filles, je traînais derrière moi une réputation de séducteur dont j'étais bien aise que ma petite Bretonne ignorât tout !

Aussitôt, je vis ses joues s'empourprer délicatement :

— Vous en seriez vraiment heureux ? demanda-t-elle.

— Vraiment, dis-je.

— Dans ce cas, nous allons devenir une paire d'amis !

— Et pour commencer, pourquoi ne pas nous appeler par nos prénoms ?

— C'est indispensable !

Voilà comment Sandrine Leguérec et moi ébauchâmes ce qu'il est convenu d'appeler « une idylle », sous le couvert d'une simple camaraderie.

Le soir même, je fis connaissance de ses parents. A n'en pas douter, ils voyaient d'un bon œil mon intrusion dans leur petite vie monotone, avec peut-être le secret espoir que tout cela finirait par un mariage... Cette pensée m'amusa. N'était pas née celle qui me ferait renoncer à mon célibat !

Mais c'est justement quand on se vante de savoir résister à la tentation que Cupidon vous décoche une flèche en plein cœur...

Je n'aurais pas dû être aussi sûr de moi.

CHAPITRE III

Rapidement, Mme Leguérec me procura une bonne.

— Justine est la fille de nos fermiers, me dit-elle. Peut-être n'est-elle pas très maligne, mais elle abat de l'ouvrage. Une grande bâtisse comme Penroc a besoin de bras solides.

— Oh ! Elle aura beaucoup moins de travail que vous l'imaginez, répliquai-je. De la cave au grenier, tout reluit !

— Comment cela ?

— Jusqu'à mon arrivée, Larissa de Kéry entretenait les lieux. Elle y vient encore...

Scandalisée, Mme Leguérec l'était visiblement :

— Elle aurait donc gardé un double des clefs ? Quelle honte ! Me Cabotte, le notaire de Saint-Cast, qui procéda à la fermeture de la maison au lendemain de la mort de Marie Adec, est loin de s'en douter ! Vous devriez exiger de cette femme qu'elle vous rende son trousseau. Pénétrer ainsi chez les gens, quelle indélicatesse ! Il est vrai que Mme de Kéry ne s'est jamais embarrassée de scrupules !

Elle brûlait de m'en dire davantage. Je l'encourageai dans ce sens. Son mari s'interposa aussitôt :

— Tu ne vas pas te faire la propagatrice de ragots aussi fantaisistes que malveillants, Adèle ! Pour l'amour du ciel, ne réveille pas le passé ! Du reste, Gautier Landasle se moque bien de tout cela... N'est-ce pas, mon cher ?

Grand et fort, le docteur Leguérec avait une voix grondeuse qui le faisait ressembler à un bouledogue. Sa femme ne parut pas pour autant impressionnée :

— Tu manques de bon sens, Hector, lui dit-elle sans ambages. Il est au contraire de la plus haute importance que M. Landasle sache à qui il a affaire. Un homme prévenu en vaut deux !

— De toute façon, je n'ai nullement l'intention de fréquenter Mme de Kéry, coupai-je.

— Comme je vous comprends ! Si vous songez que tous les membres de sa famille ont disparu un à un dans des circonstances plus ou moins étranges, il y a de quoi vous donner froid dans le dos, non ?

— Adèle, tu vas trop loin ! intervint le docteur Leguérec. Toi et les habitants de Monbourg vous oubliez un peu trop souvent qu'aucune charge n'a été retenue contre Larissa !

— Tu l'appelles par son prénom maintenant ?

Il haussa les épaules, puis se tournant vers moi :

— Ne vous laissez pas impressionner, jeune homme. Il n'y a pas que des esprits arriérés en ce pays, heureusement ! Et vous trouverez d'ardents défenseurs de notre trop belle étrangère... A commencer par le curé Bellou.

— Le pardon des péchés... renchérit Sandrine en pouffant derrière sa main.

— Etrangère ? repris-je, parce que ce mot m'avait frappé. N'est-elle pas française ?

— Non. Péruvienne. Et croyez-moi, cela a suffi à dresser contre elle pas mal de nos braves paysans attachés aux traditions...

— Et belle, dites-vous ? plaisantai-je.

Sandrine et sa mère (à laquelle la première ressemblait beaucoup avec, cependant, quelque chose d'Hector Leguérec) perdirent leur sourire. En revanche, le médecin gloussa :

— Une vraie princesse inca ! Je mettrais ma main au feu que ce sont sa prestance et sa fierté naturelle qu'on ne peut lui pardonner... Elle semble non seulement venir d'un autre continent mais d'un autre monde...

— Peuh ! Que d'imagination ! intervint Adèle Leguérec. Je ne te savais pas si romanesque !

— Non, vraiment ! renchérit Sandrine.

Je sentais l'urgente nécessité de changer de sujet, si je

ne voulais pas que notre conversation se terminât en dispute familiale. Je demandai donc quand Justine pourrait rentrer à mon service :

— Mais dès ce soir, me fut-il répondu, à condition que vous alliez la chercher à la ferme. Sandrine vous y conduira.

— Avec plaisir.

Elle avait retrouvé sa gaieté. Je me dis que nous nous entendrions toujours très bien, à condition de laisser Larissa de côté.

Quelque chose dans le caractère de Mme de Kéry, dans la façon dont elle bravait l'opinion, ne plaidait pas en sa faveur. J'estimais qu'à sa place, j'aurais depuis longtemps quitté le pays. Ailleurs, et quelles que fussent ses fautes, elle aurait pu se refaire une vie... Oublier...

Or, il semblait qu'elle ne voulût point abandonner le périmètre de Penroc. Pourquoi ?

Comme il en avait été décidé, Sandrine m'accompagna à la ferme.

Justine était une grosse fille de vingt ans à qui, d'emblée, j'en aurais donné trente-cinq. Elle avait l'air placide et peu dégourdie, mais ses parents m'affirmèrent qu'elle savait faire la cuisine et entretenir un ménage. Ce ne serait d'ailleurs pas la première fois qu'elle travaillerait à Penroc. Lorsque Marie Adec était fatiguée, elle la demandait souvent pour s'occuper de M. de Kéry.

Celui-ci, bien qu'il n'eût en aucune manière perdu la tête, avait l'âge de ses artères et il ne quittait plus son fauteuil roulant.

— Quelle lourde charge pour cette pauvre Marie qui, les derniers temps, n'était plus guère vaillante... Mais le bon Dieu lui a permis de tenir jusqu'au bout. Sans elle, M. de Kéry aurait été obligé de finir ses jours dans une maison de vieillards. Et d'avance, il n'y avait rien qui lui fît tant horreur... C'est qu'il en a vu, le pauvre Monsieur, dans sa vie...

— Il paraît, dis-je.

— On ne peut pas mieux le comparer à un vieux chêne dont la foudre aurait abattu les branches une à une... Ce fut d'abord son fils aîné, Gontran, qui se suicida du haut de la falaise, puis le frère de celui-ci, André, victime d'un accident de cheval. Ensuite, Kelvin, le mari de l'étrangère... Il se mit à dépérir sans qu'on sût trop pourquoi. D'ailleurs, le médecin ne donna pas le permis d'inhumer. Cependant, l'autopsie ne révéla rien de concluant. Mais il paraît que certains poisons ne laissent pas de trace. Allez, « elle » le savait bien, c'est pourquoi pas un instant elle ne s'est montrée inquiète, lorsque la police s'en est mêlée...

— « Elle » ? Vous voulez dire Larissa de Kéry ?

— Oui.

Il y avait du mépris sur le visage de la paysanne. Sa fille avait croisé les bras et dodelinait de la tête. Le père, lui, tirait consciencieusement sur sa pipe éteinte. Il n'avait pas dit un mot.

Il me semblait que les hommes étaient moins acharnés que les femmes à détruire la réputation de Mme de Kéry. N'était-ce pas aussi parce qu'elle était belle et peut-être orgueilleuse qu'on la clouait au pilori ?

— Bon, dis-je, si vous êtes prête, Justine, nous pouvons partir.

Elle jeta un châle de laine sur ses épaules et s'empara d'une mallette qu'elle eut bien du mal à fermer, puis elle embrassa ses parents.

Je crus bon d'ajouter que je ne me montrerais pas très exigeant et qu'elle aurait tout le loisir de venir les voir, lorsqu'elle aurait fini son ouvrage.

Ils me remercièrent chaleureusement.

Ainsi, je revins à Penroc flanqué de deux femmes : ma bonne, et ma nouvelle amie, Sandrine Leguérec. J'avais deviné que cette dernière brûlait de connaître la maison. La première tâche de Justine fut donc de nous préparer le thé. Nous le prîmes dans la grande salle rustique dont j'ouvris grandes les fenêtres.

— J'ai l'intention d'aménager un salon de jardin, sur l'esplanade que vous apercevez en contrebas, enchaînai-je en forçant la jeune fille à se pencher pour l'apercevoir. C'est un coin idyllique ombragé par un pin maritime et très abrité du vent. Le sentier qui y conduit est en mauvais état, mais il en faudrait peu pour l'élargir.

— N'allez pas vous fatiguer, surtout...

— J'ai demandé une consultation à votre père... Il verra à modifier mon traitement, s'il le juge nécessaire ; jusque-là, je n'avais pas l'impression de réagir, de lutter. Il en sera autrement, désormais.

Elle me sourit et posa sa main sur la mienne :

— J'en suis très heureuse, Gautier.

Nous devisâmes gaiement. Par une sorte d'entente tacite, nous évitions de parler de Penroc et du passé. En revanche, si j'appris à connaître les goûts et les aspirations de Sandrine, elle ne sut rien de moi ou peu de chose. A quoi bon lui révéler, par exemple, que, dix ans plus tôt, j'avais été fiancé et que j'avais rompu juste à temps ? Frivole et coquette, ma future femme n'avait pas su me donner le change jusqu'au bout...

C'était peut-être à cette déception que je devais mon état d'esprit actuel. Rien ne me paraissait plus important que la liberté. Vis-à-vis des femmes, je ne m'embarrassais plus de scrupules... Je n'ébauchais pas un flirt sans avertir ma partenaire que je ne lui passerais jamais la bague au doigt. Ainsi le marché me semblait-il loyal. J'en étais personnellement très satisfait, car mon cœur ne parlait pas.

Actuellement, la jolie personne qui meublait mes loisirs à Paris m'était pourtant plus chère qu'aucune autre, parce qu'elle était simple, discrète et gaie. J'étais à peu près certain qu'elle profiterait d'un week-end pour venir me voir en Bretagne. D'avance, je m'en réjouissais, car je savais qu'elle ne s'incrusterait pas.

« Voilà, pensai-je, la vie idéale... Ah ! si seulement j'avais un peu plus de santé... »

En fin d'après-midi, je raccompagnai Sandrine chez elle. De nouveau, Mme Leguérec m'accueillit les bras ouverts :

— Eh bien ! Que pensez-vous de Justine ? Fera-t-elle l'affaire ?

— Absolument. Merci de votre aide, chère Madame...

— Venez dîner un de ces soirs, Monsieur Landasle... Samedi, voulez-vous ? Justine vous demandera sûrement sa soirée. Il y aura une petite fête au village. Quelques forains et un bal. Elle ne voudra pas manquer ça !

— Vous non plus, peut-être ? demandai-je en me tournant vers Sandrine.

— Oh ! moi, je ne sais pas danser.

— Qu'à cela ne tienne, enchaînai-je après avoir accepté l'invitation de Mme Leguérec, je vous apprendrai...

— Ma fille n'a pas beaucoup l'occasion de s'amuser. D'autant que tous les jeunes gens « comme il faut » ont depuis longtemps quitté Monbourg. Sandrine ne revoit le fils du notaire et le fils du maire — ses camarades d'enfance — que pour la Noël et quelquefois à Pâques. C'est tout. Ah ! si vous saviez comme je regrette que mon mari ne se soit pas installé dans une grande ville. Il y a quelques années, j'avais presque réussi à le décider et puis, au dernier moment, il n'a pas voulu abandonner son pays natal. Il est vrai qu'ici on le considère comme un notable. « Mieux vaut être le premier chez soi que le dernier à Paris », profère-t-il. Evidemment, il n'a pas tout à fait tort... Si Sandrine n'en pâtissait pas...

La jeune fille qui avait fait ses études d'infirmière servait à présent d'assistante à son père. Mais comme celui-ci se passait souvent de ses services, elle se trouvait quelque peu désœuvrée. Elle avait cependant en tête un projet très louable dont elle m'entretint par la suite.

De retour à Penroc, je trouvai Justine en train de pourchasser à coups de balai le gros chat noir qui semblait avoir l'habitude des lieux. Il la narguait en se faufilant sous les meubles.

— Eh bien ! dis-je, pourquoi vous acharner sur cette pauvre bête ?

— Ne savez-vous pas que c'est « son » chat, Monsieur ?

Comme je faisais mine de ne pas comprendre, elle précisa :

— Oui, le chat de la sorcière...

— Ce n'est pas une raison pour le martyriser. Fervent ami des animaux, je suis ravi de sa présence ici. Je vous saurai donc gré de le laisser aller et venir à sa guise.

Elle demeura quelques secondes bouche bée, appuyée sur son balai. Visiblement, je la scandalisais. Puis elle haussa les épaules et s'en retourna à la cuisine. J'en profitai pour sortir précipitamment sur le perron. Toutes les fois que le chat se trouvait dans les parages, sa maîtresse se manifestait. J'étais donc persuadé que cette dernière n'était pas loin. Il ne fallait pas rater l'occasion de la rencontrer. N'avions-nous pas assez joué à cache-cache ?

En courant, je fis le tour de la maison. Minou déboucha devant moi et fila dans le sentier de chèvre qui borde la falaise. Je le suivis en faisant attention de ne pas glisser, car ç'aurait été la chute vertigineuse vers l'abîme. Aucune rembarde ne balisait le chemin et, en contrebas, les rocs pointus que la mer submergeait par instants paraissaient guetter mon moindre faux pas. Si mon cœur battait très fort, c'était moins de crainte que d'excitation. Et soudain je la vis, silhouette noire sur le fond embrasé du ciel, très droite et immobile, son profil pur offert aux feux du couchant. Une grande cape la couvrait des épaules jusqu'aux pieds. Le vent du large rejetait en arrière sa longue chevelure brune. Je l'appelai. Deux fois, ma voix fut couverte par le ressac. La troisième fois, Larissa de Kéry sembla enfin percevoir son nom. Elle tressaillit et se tourna vers moi. Nous étions à quelques mètres l'un de l'autre. Juchée sur un rocher, elle me dominait. Près d'elle, de ses yeux énigmatiques, le chat me regardait aussi. En trois ou quatre bonds, je me rapprochai d'eux.

Elle se pencha et prit la bête dans ses bras. La joue appuyée contre la fourrure noire, elle me scrutait.

— Madame de Kéry ? — Et sans attendre de réponse : — Je suis Gautier Landasle... Il me tardait de vous remercier. Mais où diable habitez-vous ? Je n'ai pas encore réussi à dénicher votre maison...

Les mots se pressaient dans ma bouche. J'avais un goût de sel sur les lèvres. Larissa n'avait pas bougé.

— Bonjour, dit-elle simplement. Vous plaisez-vous à Penroc ?

Sa voix aux intonations rauques avait des accents envoûtants. Pour échapper à l'intensité de son regard plus mauve que bleu, je m'animai :

— Beaucoup ! La région est superbe et cette maison, seule au milieu de la lande, comble mes vœux...

Ce n'étaient peut-être pas ces sentiments-là qu'il aurait fallu exprimer. Conscient de ma maladresse, je tentai de me rattraper sans y parvenir.

Larissa secoua la tête :

— C'est une belle demeure. Comment imaginer qu'elle servit de cadre à tant de destins tragiques ? On vous a dit, n'est-ce pas... ?

Le chat miaula. Elle le lâcha précipitamment. Sur la cape de laine sombre, ses mains blanches que ne parait aucun bijou avaient l'air d'oiseaux blessés. Aussi blême qu'elles, était son visage aux pommettes hautes et aux yeux effilés vers les tempes. Elle était belle, certes, mais d'une beauté si rare et si étrange que je ne me lassais pas de la contempler. Je ne sais quel compliment je lui débitai. Elle cligna des yeux et je vis son cœur battre à la naissance de son cou. Elle soupira :

— Ne vous a-t-on pas prévenu contre moi ?

— Je ne suis pas de ceux qui se fient aux ragots. Peu m'importe ce qu' « ils » pensent ! m'écriai-je, emporté par je ne sais quelle fougue. Vous vous êtes montrée bonne pour moi. Mais pourquoi ne pas vous être fait connaître ? Votre présence m'aurait été douce... Au lieu de cela, j'avais l'impression de dîner en compagnie d'un fantôme ! Seul votre chat ne m'abandonna pas...

— Il a ses habitudes. J'ai bien peur de ne pouvoir les lui faire perdre avant longtemps...

— Pourquoi essayer ? A Penroc, j'aimerais que vous vous considériez toujours chez vous.

Etait-ce moi qui parlais ? Moi qui désirais faire changer les serrures la veille encore ? Elle sourit et ce sourire éclaira ses traits d'une singulière douceur :

— Merci. Mais vous ne tarderiez pas à vous en repentir... On ne vous pardonnerait pas d'avoir à mon égard tant de sollicitude.

— Personne ne m'a jamais dicté ma conduite ! grondai-je. J'aurais vite fait de remettre les habitants de Monbourg à leur place !

Je me faisais l'effet d'un preux chevalier en guerre contre les Infidèles. Chacun des mots prononcés durant cette conversation insolite devait par la suite me revenir en mémoire et je dus bien reconnaître qu'aucun d'eux n'avait réellement reflété ma véritable pensée. Quel pouvoir Larissa possédait-elle donc ?

Elle me toucha comme pour s'assurer que je ne m'évanouirais pas en fumée. Des larmes étaient montées à ses yeux :

— Jamais on ne m'a parlé de cette manière. Ceux qui me veulent du bien ne sont pas intervenus pour me défendre.

Avant d'avoir eu le temps de la retenir, je la vis dégringoler le sentier à une vitesse vertigineuse. Je lui criai :

— Attendez !

Elle se retourna.

Je lui fis signe de revenir. Mais elle secoua la tête et reprit sa course folle. Sa grande cape claquait au vent tel un étendard de deuil et dès qu'elle eut disparu dans les méandres de la falaise, je m'aperçus qu'il faisait froid et que le jour, soudain, s'en était allé...

Pesamment, je rentrai à Penroc.

L'enthousiasme éprouvé en présence de la jeune femme en moi s'était éteint. Il ne me restait plus que l'impression d'avoir été ridicule. Dans mon désir de la défendre, je n'avais oublié qu'une chose : Larissa était-elle victime ou coupable ?

Aujourd'hui encore, aujourd'hui où j'écris ce récit, je n'ai pas encore répondu à cette question.

Chapitre IV

Il se passa plusieurs jours avant que je ne découvrisse la retraite de l'Etrangère.

« L'Etrangère », « la sorcière », « elle », avec une moue de mépris... Des mots qui effaçaient, rejetaient, accusaient. Pourtant, il n'y avait pas de détresse dans le regard de Larissa, mais seulement une immense lassitude, et ce regard-là me poursuivait au point de m'obséder.

Quand, enfin, je trouvai la maison, assez près du fameux cromlech qui en pleine nuit m'avait tant impressionné, elle me parut petite et pauvre, indigne en tout cas d'abriter l'éblouissante beauté de Mme de Kéry. Mais en la regardant mieux, je lui reconnus du charme avec son curieux clocheton qui lui donnait un air de pavillon de chasse, ce qu'elle avait d'ailleurs réellement été — je l'appris plus tard — au temps de la splendeur de Penroc, cent ans plus tôt.

Un appentis de planches et un enclos où broutait une chèvre lui conféraient un aspect rustique qu'accentuait le vieux puits à la margelle couverte de mousse. Et, partout, des fleurs à profusion, débordant des massifs, des corbeilles, enjolivant les fenêtres. Il n'était pas jusqu'au vieux chêne qui n'eût à se féliciter de la tendresse exubérante de liserons vivaces. Quant aux oiseaux, je n'en ai jamais vu ni entendu une plus grande multitude qu'en cet endroit. Il y faisait doux, comme si les vents se fussent contentés de l'encercler sans jamais l'atteindre. Bref, il se dégageait de ces lieux une sérénité que Penroc elle-même était loin de posséder.

Je n'eus cependant pas le loisir de voir l'intérieur de la maison ce jour-là, car Larissa en était absente. Je me demandais avec curiosité où elle pouvait bien passer son temps et de quoi elle vivait, puisqu'elle ne travaillait pas. Les questions se bousculaient dans ma tête. Kelvin, son mari, lui avait-il légué de la fortune ? L'avait-elle empoisonné pour hériter plus vite ? Une nausée me monta à la gorge. Tout ce qui entourait la jeune femme me paraissait à la fois sordide et mystérieux. Il me suffit d'évoquer son regard de lagon bleu pour m'étonner de la croire encore capable de sinistre besogne. Mais si la Fatalité la poursuivait, pourquoi ne l'avait-elle pas fuie pendant qu'il était temps encore ? Une telle passivité chez une femme que la jeunesse n'avait pas quittée, dont j'avais pu mesurer la vivacité, tandis qu'elle sautait de rocher en rocher et dévalait le sentier abrupt, m'étonnait. J'aurais été tenté de lui donner vingt-cinq ans, si mes calculs ne lui avaient, avec certitude, attribué cinq ans de plus. Il y avait en effet dix ans qu'elle vivait à Penroc où elle était arrivée toute jeune mariée au bras de Kelvin.

Dans un album retrouvé sous les combles, je les avais vus, lui, grand et fort, beau et sans doute brave, puisqu'il avait été chercher l'aventure au-delà des mers... et elle, toute menue, sous un poncho de laine bariolé, ses cheveux noirs torsadés en une lourde natte reposant sur son épaule gauche. Un Breton et une Inca ! Un solide gars d'Armor à la tête farcie de légendes et l'une des filles de l'Empire du Soleil ! Avaient-ils été heureux dans les bras l'un de l'autre ? J'étais gêné à la pensée qu'il l'avait peut-être étreinte sans lui révéler le plaisir. Elle me semblait faite autant pour inspirer du désir que pour en éprouver. Une femme, oui... Une vraie femme, comme il m'avait été rarement donné d'en contempler.

Ce fut l'esprit empreint de son image que je me rendis à l'invitation des Leguérec le samedi suivant. Bien que je me fusse juré de ne pas parler d'elle, je n'atteignis pas le milieu du repas sans prononcer son nom. De fil en aiguille, nous en vînmes à évoquer le décès de Kelvin. S'était-il rendu compte qu'on l'empoisonnait ? Avait-il fait part de ses soupçons à son médecin ?

— Je vois où vous voulez en venir, jeune homme, me dit Hector Leguérec d'un ton bourru. Eh bien, non, ce n'est pas moi qui ai refusé le permis d'inhumer, mais un jeune blanc-bec du Val-André appelé en mon absence. A cette époque, ma femme, ma fille et moi étions en vacances à Nice. A mon retour, je fus stupéfait d'apprendre que le docteur Bosc avait émis l'hypothèse d'un empoisonnement. C'était tellement absurde !

— Pourquoi absurde ? grinça Mme Leguérec en haussant les épaules. Entre Larissa et son mari, les scènes se multipliaient. Marie Adec se plaignait assez, la pauvre, de l'atmosphère hostile de Penroc... Imaginez cette famille au sein de laquelle régnait jadis la plus parfaite harmonie, soudain en butte à la jalousie, à la haine, à la crainte... Tout ça à cause d' « elle »...

— J'aimerais comprendre, coupai-je. En dehors de Roger de Kéry, de sa gouvernante, de Larissa et de Kelvin, qui d'autre vivait à Penroc ?

— A l'époque du drame, il n'y avait plus que Clothilde, la femme de ce pauvre André...

— Etes-vous sûre que les trois frères Kéry étaient parfaitement sains d'esprit ? ironisai-je. Car enfin, leur comportement me paraît bizarre... L'un met fin à ses jours, le second joue les écuyers de cirque et le troisième se meurt de langueur... Avouez que rien ne plaide en leur faveur !

— Vous la défendrez donc toujours ?

C'était la voix désolée de Sandrine. J'eus presque honte de m'être laissé aller à dévoiler mes sentiments. Mais plus se dessinait autour de moi le caractère de ceux qui l'avaient côtoyée et moins je la croyais coupable.

Cette impression s'ancrait en moi avec une force inouïe. J'en perdais toute objectivité. Agacé, je finis par détourner la conversation, au grand dam de mes hôtes qui souhaitaient me convaincre de leurs points de vue réciproques.

Après le dessert, je me levai et proposai à Sandrine de la conduire au bal. Elle accepta avec empressement. Très fière de se montrer en ma compagnie, elle s'imaginait que les commentaires iraient bon train, et cela était loin de lui déplaire. Parce qu'elle était toujours seule — par la force des choses —, les villageois devaient déjà la vouer au célibat. C'était une façon de leur opposer un démenti. Puisqu'elle était heureuse, je ne pouvais que m'en réjouir. Je n'imaginais pas qu'elle était tombée amoureuse de moi. Ma fatuité n'aurait pas été jusqu'à trouver la chose divertissante. Si je suis un bourreau des cœurs, je ne choisis pas celui des jeunes filles sans défense. Or, dès notre première rencontre, j'avais relégué Sandrine dans ce clan-là. Pour l'instant, elle valsait entre mes bras aux accents musette d'un accordéon. Je m'amusais franchement de cette ambiance paysanne, tandis que les lampions allumaient dans les yeux de ma cavalière des lueurs incandescentes.

Ce fut après minuit qu'un élément étranger perturba sérieusement la petite fête. Quand l'homme avec la force d'un taureau furieux traversa la piste en écartant les couples qui se trouvaient sur son chemin, un murmure de désapprobation couvrit l'orchestre.

— Encore le grand Fernand ! On n'en aura donc jamais fini avec lui !

Visiblement, le nouvel arrivant était saoul. Il tenait d'ailleurs à la main une canette et buvait à même le goulot. La bière dégoulinait sur sa chemise débraillée qui laissait entrevoir une poitrine velue et un thorax puissant. J'eus très nettement l'impression qu'il se dirigeait sur nous et instinctivement je reculai en protégeant ma cavalière.

Comme je m'apprêtais à lui tourner le dos, soucieux d'entraîner Sandrine hors de son champ d'action, il m'invectiva :

— Alors, c'est vous le nouveau de Penroc ? Un bon conseil, ne vous y attardez pas trop longtemps... On n'a pas besoin de votre sale gueule par ici ! On aime mieux rester entre honnêtes gens, pas vrai les gars ?

Il semblait prendre la foule à témoin. Avant que j'eusse réagi, le maire et le garde champêtre s'interposèrent. Attrapant l'énergumène chacun par un bras, ils l'entraînèrent de force loin du bal. Nous l'entendîmes encore vociférer un moment, puis l'orchestre enchaîna, et les couples se remirent à danser. Je ne pus m'empêcher de penser que si le grand Fernand — puisque Fernand il y avait ! — avait été dans son état normal, ni le maire ni le garde champêtre n'aurait pu en venir à bout. L'homme, bâti en athlète, paraissait doté d'une force prodigieuse.

— Qui est-ce ? demandai-je à Sandrine, et ce fut alors que je m'étonnai de sa pâleur.

Elle s'appuya sur mon bras, sans chercher à cacher sa nervosité :

— Je n'aimerais pas me trouver seule avec lui... Il me fait peur... — Et répondant à ma question : — C'est le palefrenier de M. Segonza.

— Segonza... Segonza... Ce nom me dit quelque chose...

— Il est très connu dans le milieu des affaires. Vous qui venez de Paris en avez certainement entendu parler...

— Le promoteur ? m'exclamai-je en claquant des doigts.

— Oui... N'avez-vous pas aperçu cette extravagante villa près d'Erquy ? Eh bien, c'est à lui...

— Il devrait tenir ses domestiques en laisse ! grondai-je. J'ai bien cru que Fernand allait m'envoyer son poing dans la figure.

— Vous n'auriez pas eu le dessus... conclut Sandrine en hochant la tête. Il est très... vigoureux.

Mentalement, elle devait comparer sa silhouette à la mienne. Certes, il était probable qu'affaibli comme je l'étais, je me serais maladroitement défendu.

— Ce que je ne comprends pas, dis-je, c'est qu'il s'en soit pris à moi. Si j'ai bonne mémoire, il m'a menacé !

— Bah ! des propos d'ivrogne...

— Sans doute...

Mais je n'étais pas convaincu.

La soirée tourna court, du moins pour Sandrine et pour moi. Je la raccompagnai jusqu'à sa porte. Quelques instants, elle laissa sa main dans la mienne. Avait-elle espéré que je l'embrasserais ? Tandis que je m'éloignais, il me sembla entendre son soupir.

« Décidément, pensai-je, les femmes sont bien toutes les mêmes ! Que l'on soit quelque peu beau garçon et hop ! elles vous tombent dans les bras ! »

C'était la première fois que je m'en plaignais. Le vague à l'âme qui m'étreignait était-il dû à mon adynamie ? J'étouffai un bâillement et rentrai à Penroc, fourbu. Je me couchai, après avoir constaté que Justine n'était pas encore rentrée.

Vers deux heures du matin, je fus réveillé par des bruits de voix et la lueur de phares qui dessinait sur le plafond de ma chambre les striures des volets. Par deux fois, Justine intima à ses amis l'ordre de se taire :

— Vous allez finir par réveiller Monsieur !

— Oh ! avec tes scrupules ! On peut bien s'amuser, il n'est pas si tard !

Peut-être essayèrent-ils d'entraîner de nouveau la jeune fille. Nul doute qu'elle se serait laissée convaincre s'il ne s'était agi de sa première sortie depuis qu'elle était à mon service. La crainte de me déplaire, jointe au désir de conserver un emploi qui, après tout, lui laissait beaucoup de liberté, l'emporta. Ses camarades, des gamins de son âge, finirent pas s'éloigner, et dès que le bruit de la voiture se fut estompé dans le lointain, à Penroc, la paix reprit ses droits au rythme du perpétuel halètement de la mer...

A l'aube, je fus réveillé par le cri des cormorans et le manège des mouettes. Avec le jour, les vagues semblaient battre plus fort les rochers. Au fond, sur cette presqu'île, rien ne demeurait jamais immuable et tout était toujours en mouvement.

Le lundi, vers onze heures, le facteur m'apporta deux lettres en provenance de Paris.

L'une émanait de Muriel, ma belle amie, l'autre du cabinet où je travaillais. Cette dernière me fit froncer les sourcils. D'avance, j'eus le pressentiment que ce n'était point une bonne nouvelle. Avant mon départ, de graves rumeurs circulaient. Ne disait-on pas que la SOFADI (tel était le sigle de ma maison) était en passe de fermer ses portes ? Il était question d'un commanditaire qui renflouerait l'affaire. Celui-ci avait-il déclaré forfait devant les difficultés de gestion qui se présentaient ? Pourtant, nul ne pouvait nier l'importance de la SOFADI sur le marché de la construction. La plupart des grands projets d'urbanisme passaient entre les mains de ses nombreux architectes et dessinateurs industriels dont je faisais partie. Il avait été question d'une réduction de personnel. Plusieurs de mes collaborateurs qui atteignaient les soixante ans avaient été mis d'office à la retraite. Mais on parlait aussi de licenciements. Je me refusais à croire que je pourrais faire partie de ce dernier groupe. J'étais jeune, capable et très apprécié de mes chefs. L'un d'eux, André Reynier, avait cru bon de me tenir au courant des faits et des tendances actuelles de la maison. Il terminait en m'enjoignant de ne pas me faire de souci :

« Tu serais bien le dernier que l'on songerait à renvoyer... »

Il aurait mieux fait de garder tout ça pour lui, grognai-je en glissant sa lettre dans ma poche.

J'espérais que celle de Muriel aurait au moins le mérite de me dérider.

Mais je n'y trouvai pas la chaleur que j'aurais été en droit d'attendre d'une femme aussi passionnée qu'elle l'était. Elle me disait cependant qu'elle s'ennuyait de moi :

« Ah ! si seulement tu avais le téléphone ! On n'a pas idée de s'enterrer dans un trou pareil ! » écrivait-elle de sa grande écriture dégingandée, émaillée de quelques fautes d'orthographe.

En post-scriptum, elle ajoutait :

« Je n'y tiens plus... Viens m'attendre mardi à la gare de Dinard. J'arriverai par le train de 17 h 45. »

« Mardi ! pensai-je, mais c'est demain ! »

Je ne sais pas pourquoi, la perspective de revoir Muriel ne m'enchanta qu'à demi, peut-être parce que je trouvais étrange son comportement. Elle ne m'avait pas habitué à cette fébrilité ni à cette impatience et j'avais l'impression que cela cachait quelque chose...

N'ayant pu la joindre au téléphone, je me vis contraint de demander à Justine de lui préparer une chambre. Bien entendu, ma belle amie ne déferait son lit que pour la forme et elle viendrait se blottir dans le mien, dès que ma servante aurait regagné sa propre chambre...

Cette douce perspective me fit envisager les événements avec plus de joie que je n'en avais éprouvé sur l'instant.

Le lendemain, comme je m'apprêtais à partir pour me rendre à Dinard, Sandrine et Larissa surgirent presque en même temps. La main sur la portière de ma Peugeot, je m'arrêtai, interdit. Figées, les deux jeunes femmes s'étaient arrêtées aussi. Elles se jaugeaient et s'épiaient comme deux bêtes prêtes au combat. Féroce était l'expression de Sandrine. La première, elle fit un pas en avant en ma direction. Larissa en esquissa un aussi, puis elle sembla renoncer à toute lutte. Simplement, sans chercher à s'imposer davantage, elle se déchargea de son fardeau — un petit panier empli d'œufs — et s'en retourna comme elle était venue...

Je lui criai :

— Mais attendez donc !

Parce que j'avais fait mine de m'élancer à sa suite, Sandrine me retint au passage :

— Laissez-la ; c'est une sauvage...

Je fus irrité du mépris qui vibrait dans sa voix. Entre ces deux femmes, je me dis que pas un instant je n'aurais hésité. Si je n'avais eu un rendez-vous urgent, il est probable que je me serais élancé sur les traces de Mme de Kéry, sans me soucier de Sandrine.

La main de cette dernière pesait sur mon bras, je me dégageai, excédé :

— Pardonnez-moi, Sandrine, mais je suis pressé. Je dois aller à Dinard.

— Oh ! quelle bonne idée ! Et si vous m'emmeniez ?

— Il n'en est pas question ! répliquai-je. — Puis, pour expliquer la dureté de mes propos : — Ma fiancée arrive tout à l'heure...

Ayant choisi brusquement de présenter Muriel sous cet angle-là, je me sentis mieux dans ma peau. En quelques jours, j'avais appris à compter avec la mentalité de Monbourg, à redouter le conformisme de ses habitants et à me plier à leurs règles. Ce qu'il fallait, c'était que la Morale fût sauve ? Eh bien, elle le serait ! Du moins... tant que l'on ne commencerait pas à critiquer ma « fiancée » d'oser habiter sous mon toit ! Du reste, il était probable que Muriel — qui était mannequin chez Dior — n'aurait pas beaucoup de temps à me consacrer et qu'elle reprendrait le train avant la fin de la semaine...

Evidemment, je venais d'assener à Sandrine un coup fatal. Je m'en rendis compte, car elle blanchit et balbutia quelques mots incompréhensibles, puis, sans plus s'attarder, elle me tourna le dos et se mit à courir dans la grande allée. En voiture, je la rattrapai deux minutes plus tard. Ouvrant la portière, je lui proposai de la reconduire à Monbourg. Mais, les larmes aux yeux, elle refusa. Je la vis d'ailleurs prendre un raccourci à travers la lande.

— Bah ! pensai-je, désinvolte, elle s'en remettra !

Peut-être nos rapports ne seraient-ils pas tout à fait les mêmes à l'avenir, mais que m'importait ?

En sifflotant, je gagnai Dinard. J'avais assez peu

d'avance sur l'horaire prévu, ce qui me dispensa de faire trop longtemps les cent pas sur le quai de la gare.

Quand Muriel apparut, je la trouvai plus mince, encore mieux habillée et toujours aussi savamment maquillée. Il est vrai que, chaque matin, elle occupait longuement la salle de bains !

Quand je la serrai dans mes bras, son parfum m'enivra.

— Tu en as changé, dis-je. Je le préfère au précédent...

Elle me remercia d'un sourire :

— Je l'ai choisi en pensant à toi...

Bien qu'elle s'efforçât à l'enjouement, je vis tout de suite que quelque chose la tracassait. Ses yeux, cernés de mauve, ne possédaient pas leur éclat habituel.

Je m'abstins cependant de toute question et l'emmenai à Penroc. Je m'attendais à ce qu'elle s'exclamât d'admiration. Il n'en fut rien.

Ses lèvres empreintes d'une moue chagrine exprimaient la déception.

— La maison est très vieille, n'est-ce pas ?

J'acquiesçai avec enthousiasme :

— C'est ce qui en fait toute la valeur !

— Ah !

Elle ne voulait pas me choquer, mais cet héritage lui paraissait mal venu. Qu'allais-je bien pouvoir faire de cette bicoque ?

Peut-être changea-t-elle d'avis en visitant l'intérieur, car les meubles, rustiques, étaient assez beaux pour qu'on les remarquât.

La seule chose qu'elle apprécia, je crois, ce fut la présence de Justine. Ainsi put-elle flâner sans s'occuper du dîner ni de faire la vaisselle.

Pendant tout le repas, elle s'était efforcée de me faire rire en me contant quelques anecdotes pittoresques relatives à son métier. Ses mimiques et ses successifs changements de voix, grâce auxquels elle imitait ses amis à la perfection, atteignirent leur but. Quand je la conviai à passer au salon pour prendre le café, j'en pleurais presque.

— Ce que tu peux être amusante ! Tu aurais dû faire carrière dans le music-hall !

Ce n'était pas là le moindre de ses charmes. Je crois

qu'elle m'avait conquis de cette manière. En sa compagnie, jamais je ne m'ennuyais.

— Est-ce que je t'ai manqué un tout petit peu ? me demanda-t-elle soudain.

Je la regardai avec plus d'attention. Voilà le genre de questions qu'elle ne me posait pas d'habitude. Elle n'était pas de ces femmes qui quémandent à longueur de temps : « Dis, est-ce que tu m'aimes ? »

— Bien sûr. Douterais-tu de ton pouvoir ?

Et soudain, elle se mit à pleurer. C'était si inattendu que je m'approchai d'elle et la pris dans mes bras.

— Voyons... Voyons... Qu'y a-t-il ?

— Jure-moi que tu ne m'en voudras pas, que, quelle que soit ta décision, rien ne changera entre nous...

— Mais...

— Jure-le !

Son regard pathétique finit par m'alarmer. Désireux d'être rassuré au plus vite, je me pliai à ses exigences. Alors, s'écartant de ma poitrine et me tournant délibérément le dos, elle avoua d'une pauvre petite voix :

— Gautier, j'attends un enfant.

Elle avait fermé les yeux et croisé les mains en un geste de supplication.

Je dois avouer que je me laissai tomber dans le premier fauteuil venu, renversant au passage ma tasse de café et me brûlant le pied par la même occasion.

— Un enfant !

Et j'ajoutai cette phrase incongrue :

— Comment est-ce possible ?

— Tu... Tu m'en veux beaucoup ?

— Bien sûr que non... Mais... Mais laisse-moi le temps de réaliser !

Machinalement, elle chercha un mouchoir dans sa poche. Je lui tendis le mien. Elle se moucha et s'essuya les yeux. Les larmes qui délayaient son Rimmel lui donnaient l'air d'un clown triste. Alors seulement, je pris conscience de sa détresse. Depuis sa consultation chez le gynécologue, elle ne vivait plus. Elle ignorait si elle devrait supporter seule sa condition.

Je mentirais si je vous disais que je fus heureux de cette nouvelle. Moi qui m'étais tellement promis de demeurer célibataire, je me sentais pris à la gorge, et pourtant, Muriel ne me mettait pas en demeure de réparer mes torts. Elle était venue jusqu'en Bretagne, simplement pour savoir quelle serait ma position.

— Je... Je pourrais très bien l'élever toute seule, remarque, me dit-elle timidement, mais j'ai pensé qu'il serait peut-être mieux, évidemment, que...

Sa discrétion me toucha. Je me levai et l'embrassai tendrement :

— Je ne m'imaginais pas mûr pour le mariage... commençai-je, mais c'est un cas de force majeure...

Je vis son regard s'éclairer. Elle fit un furtif signe de croix et s'écria :

— Dieu soit loué !

M'étonnant une fois de plus de sa propension à la prière, de son goût pour tout ce qui touchait à la religion, elle qui vivait continuellement dans un milieu très libre, pour ne pas dire pervers, je la contemplai.

Non, je n'aurais pas honte qu'elle devînt ma femme, bien que je n'eusse en aucun cas imaginé cette dernière et pour cause... Elle était suffisamment jolie pour satisfaire l'homme le plus difficile. Sur le plan de l'esprit, elle ne manquait pas de bon sens, ce qui est à mon avis l'un des signes de l'intelligence. Que son instruction eût été négligée ne me contrariait pas, car, en société, elle savait se taire et écouter. Une bonne mémoire lui permettait de combler ses lacunes. Les progrès qu'elle avait faits en ma compagnie étaient multiples. Sur le plan sexuel, je la jugeais imbattable, capable de donner des leçons plutôt que d'en recevoir ! M'était-elle fidèle ? Je le croyais sincèrement. Voilà pourquoi je ne mettais pas en doute ma future paternité ; d'ailleurs, elle ne mentait jamais.

Dans l'ensemble, le portrait mental que je venais de tracer de Muriel lui était plutôt favorable. Malgré cela, une certaine mélancolie m'envahissait. Sans vouloir me l'avouer, j'avais fait d'autres rêves, des rêves un peu fous, probablement irréalisables. Pourquoi le beau visage de Mme de Kéry me traversa-t-il l'esprit ? Je la revis dans sa grande cape noire que le vent malmenait, si lointaine et pourtant si présente...

— A quoi penses-tu ?

Je tressaillis :

— Au Destin. Je le comparais à une immense toile d'araignée où nous piétinons sans pouvoir nous défaire de mystérieux liens qui nous ligotent à mesure que nous avançons... Qui s'est jamais libéré de ses chaînes ?

— Est-il possible que tu sois si déçu ?

— Que vas-tu chercher ? dis-je en m'efforçant de rire. Tu sais bien que de temps en temps je me mets à raisonner comme un vieux philosophe ! Cela ne porte pas à conséquence.

Rassurée, Muriel donna enfin libre cours à sa joie, envisageant l'avenir d'une façon pratique et faisant d'innombrables projets.

— Il faudra que nous changions d'appartement. Le tien est trop petit et le mien, un vrai bric-à-brac, pas assez ensoleillé. Si c'est un fils, nous l'appellerons Michel... Mais si c'est une fille, j'avoue ne pas avoir d'idée...

— Clémence, plaisantai-je.

— Et pourquoi pas Honorine ou Charlotte ?

Nous passâmes le reste de la soirée à chercher un prénom à cette affreuse petite chose ridée et rose qui viendrait au monde six mois plus tard. J'imaginais mal Muriel en train de la langer ou de lui donner la tétée. Cela me semblait contraire à sa vocation qui était de parader sous les flashes des photographes, sophistiquée à souhait, vêtue de robes plus extravagantes les unes que les autres. Elle m'assura qu'il ne s'agissait là que de son image de marque et qu'au fond, elle préférait les choses simples.

— Pourtant, je parie que tu ne renonceras pas à ton métier.

— Il le faudra bien, du moins pendant les mois qui vont précéder la naissance.

— En attendant de retourner chez Dior, tu pourrais poser pour Prénatal, suggérai-je malicieusement.

— Toi, tu ne manques jamais d'à-propos !

Interrompue quelques instants par Justine qui nous souhaita le bonsoir, Muriel enchaîna :

— J'ai cinq semaines de congés à prendre ; comme ensuite il ne me sera plus possible de jouer les jeunes filles en couverture de « Elle », je serai automatiquement mise en disponibilité, ce qui revient à dire que dès à présent je suis libre...

Etant donné que je n'avais nullement l'intention d'abréger ma convalescence, je lui proposai de venir s'installer à Penroc et j'ajoutai :

— Nous nous marierons à Monbourg... Tu verras, le

curé est sympathique et l'église tout à fait charmante...

— Je mettrai une robe beige, décida-t-elle, déjà inquiète pour des détails vestimentaires qui me laissaient parfaitement froid. Le beige, ça se rapproche tout de même beaucoup du blanc...

Un léger regret perçait dans ses paroles. Je lui dis qu'elle n'avait pas à avoir honte et que, du reste, elle accoucherait à Paris, donc qu'ici, personne ne saurait rien...

— Tant mieux ! murmura-t-elle.

Il était plus de minuit quand nous décidâmes de nous mettre au lit. Ma compagne s'endormit très vite. Pour moi, il n'en fut pas de même. Les yeux grands ouverts, attentifs à identifier tous les bruits que Penroc exhalait, je tressaillis quand je perçus les longs miaulements d'un chat.

« Elle » est là, pensai-je. Elle rôde sous les fenêtres... Pourquoi sort-elle plus souvent la nuit que le jour ? Pourquoi ne porte-t-elle que du noir ?

Enigme vivante, Larissa de Kéry m'envoûtait à distance. Si j'avais été seul, je me serais jeté dans les ténèbres à sa recherche, comme l'homme dans le désert, assoiffé et brûlant de fièvre, poursuit un mirage qui sans cesse se dérobe. Mais je demeurai immobile dans mon lit à guetter l'aurore et, avec elle, la fin de mes fantasmes...

Chapitre V

Je ne sais pas pourquoi, à partir du moment où je pris la décision d'épouser Muriel, tout alla de travers. Ma jolie compagne se foula la cheville en montant dans le train qui la reconduisait à Paris. Elle émit quelques gémissements de douleur et partit quand même, tant elle avait hâte de régler ses affaires et de revenir auprès de moi. Sur la route du retour, j'échappai de justesse à un effroyable accident, mais l'aile droite de ma petite Peugeot avait souffert et il s'avérait très nettement que je me trouvais dans mon tort.

Lorsque j'arrivai à Penroc, Justine me dit que deux messieurs m'avaient demandé et qu'ils reviendraient vers 17 heures.

— C'était M. Segonza et un ami, me dit-elle tout excitée, s'étonnant à n'en pas douter de l'intérêt que me portait le milliardaire.

Je n'en étais pas le moins surpris, aussi attendis-je avec curiosité sa visite.

Il se présenta à l'heure prévue dans une luxueuse Mercedes noire étincelante de chromes. Le pare-brise surmonté d'un petit drapeau lui donnait un air officiel qui devait impressionner les gens. En fait, il ne s'agissait que d'un fanion représentant en quelque sorte son blason. Où l'orgueil ne va-t-il pas se nicher ! pensai-je ironiquement. L'ambition de ce personnage (dont je savais qu'il était parti de rien et avait bâti sa fortune à l'aide de transactions immobilières plus ou moins honnêtes...) le conduirait bientôt à se faire appeler M. « de » Segonza !

Tout de suite, il me fut parfaitement antipathique, bien qu'il fût aimable et s'efforçât à des manières bon enfant.

Son ami, un certain Manuel Serdriguez, au teint basané et ne manquant pas d'entregent, le revalorisait. Je compris qu'il avait ses entrées dans la haute société et que Segonza ne faisait rien sans le consulter.

— Que me vaut l'honneur ? dis-je en les priant d'entrer.

— J'adore votre maison, Monsieur Landasle, m'avoua-t-il sans ambages ; je souhaite l'acquérir. Combien en voulez-vous ?

Je m'étais si peu attendu à cette proposition, que je perdis quelques secondes avant de répondre :

— Elle n'est pas à vendre...

Entre-temps, Segonza avait sorti son carnet de chèques et un stylo. Le sourire s'était un instant effacé de ses lèvres, mais déjà il y refleurissait :

— Allons, que feriez-vous de cette vieille baraque ? Vous n'en profiterez jamais qu'une ou deux fois par an quand vos activités vous permettront de prendre des vacances. Ne serait-il pas plus sage de vous acheter un joli studio au Touquet ? C'est tellement plus près de Paris !

— Je ne raisonne pas de la même manière que vous...

— Cinq cent mille francs ! proclama-t-il en agitant son carnet de chèques. — Et sans me permettre de parler : — Les meubles en plus, bien entendu, quoiqu'ils ne m'intéressent nullement...

Il m'avait assené un coup. J'ai beau ne pas être à la misère, cet argent si vite gagné serait le bienvenu. J'étais parfaitement conscient que jamais, au grand jamais, je ne retrouverais un acquéreur aussi généreux.

— Si vous pensez pouvoir construire en ces lieux un building, vous vous trompez, dis-je. Avec la nouvelle loi, les bords de côte sont protégés. On ne vous donnera pas l'autorisation de massacrer le paysage...

— Qui parle d'immeuble ! s'écria-t-il. Non, j'ai simplement envie de cette maison pour moi.

— N'avez-vous pas une très belle villa près d'Erquy ?

— Je l'ai donnée à ma femme... Il se trouve que mon

ménage brinquebale quelque peu... Bref, je souhaite prendre mes distances. — Et, sur le mode confidentiel : — J'ai une autre femme dans ma vie... Un vrai petit tanagra de vingt ans plus jeune que moi ! Vous voyez ce que je veux dire... ? Exigeante et tout... Mais je ne saurais lui résister... Alors, Monsieur Landasle, quand passons-nous chez le notaire ? Je vous donne cinquante mille francs tout de suite, histoire d'arrêter l'affaire...

Déjà sa plume courait sur le papier. Je posai ma main sur la sienne :

— Je ne suis pas vendeur.

— Quoi ! Vous refusez cinq cent mille francs !

La façon dont il prononçait ces chiffres en les faisant valoir me répugnait. Cet homme pour qui l'argent était un moyen de dominer les autres me dégoûtait réellement.

— Cinq cent cinquante ! enchaîna-t-il, et comme je secouais la tête : — Six cent mille francs !

— Disons sept cent mille et n'en parlons plus, intervint Manuel Serdriguez d'une voix précieuse.

C'était la première fois qu'il ouvrait la bouche. Malgré ses manières d'homme du monde, la sobriété de sa mise et son assurance hautaine, il ne m'inspirait pas le moindre crédit.

— Messieurs, vous perdez votre temps... J'ai bien l'intention de garder mon héritage...

— Vous le regretterez...

— Puisque vous êtes prêts, aujourd'hui, à m'offrir une somme aussi coquette, je puis espérer que, dans quelques années, la valeur de mon bien aura doublé et comme je ne suis pas pressé...

Segonza eut un cri de rage. Quant à Manuel Serdriguez, l'affreuse cicatrice qui lui barrait la joue et donnait à son mâle visage un air de pirate parut s'accentuer, d'autant qu'un tic l'étirait :

— Vous ne parlez pas sérieusement ?

— Mais si ! dis-je. Y a-t-il de quoi vous étonner ? Je suis malade ; il se trouve que cette maison comble mes vœux... L'environnement et l'air qu'on respire en ces lieux me semblent plus efficaces que des soins appropriés dans une bonne clinique. Je ne saurais m'en séparer.

Tout en affichant un certain détachement à l'égard des biens de ce monde, je ne manquais pas de m'étonner de l'acharnement des visiteurs. Plusieurs fois, j'avais surpris entre eux des regards complices. Pourquoi tenaient-ils tellement à Penroc ? Pour le site ? Pour la vue imprenable ? Pour son isolement ?

Que le promoteur rêvât d'y abriter ses amours ne me paraissait pas une raison suffisante. Il devait y avoir autre chose... A cent pour cent, je pariais pour une opération immobilière de grande envergure. Propriétaire de terrains avec accès directs sur la mer, il ne lui serait pas difficile d'obtenir les autorisations adéquates susceptibles de mener à bien cette réalisation. En France, et particulièrement sur le littoral, les exemples ne manquent pas.

Or, il se trouvait que j'étais résolument contre ce genre de pollution, si l'on pouvait appeler ainsi cet envahissement anarchique de constructions hétéroclites, masquant à jamais la sauvage splendeur de nos rivages... Je ne souriais pas de l'écologie, conscient de la menace d'autodestruction qui nous guette à brève échéance.

— C'est votre dernier mot ?

— Oui.

— J'ai bien peur que vous n'ayez à le regretter.

Brusquement, le visage de mes interlocuteurs, si affable, si conciliant, s'était durci. Je pris conscience de m'être fait des adversaires, sans deviner pourtant jusqu'où leur inimitié pourrait aller.

En quittant la propriété, seul Segonza parut revenir à de meilleurs sentiments :

— Réfléchissez, mon ami. Nous ne saurions vous mettre le couteau sous la gorge. Nous finirons par trouver un terrain d'entente, vous verrez....

Avec humour, je martelai la terre de mon pied droit :

— Pas ce terrain-là, en tout cas !

En réponse, Serdriguez murmura quelque chose que je ne compris pas.

La puissante Mercedes démarra sur les chapeaux de roue, et, soulagé de ne plus avoir à contempler ces faces de carême, je m'éloignai de Penroc au hasard des allées.

La brise marine ne calmait pas mon front. Trop d'idées s'agitaient dans ma tête que j'aurais voulu partager avec quelqu'un. Et voilà comment j'en arrivai à me rendre chez Larissa de Kéry.

Tout de suite, je sus qu'elle était là, tant la maisonnette semblait avoir un aspect fringant. En effet, la jeune femme cousait près de l'enclos où broutait sa chèvre. Son chat se trouvait perché sur la plus grosse branche du cerisier qui domine la cour. Une sensation de paix me pénétra, aussitôt franchi le portail de bois vermoulu que j'aurais pu enjamber, tant il était bas.

Le temps, qui s'était brusquement alourdi et accumulait sur l'horizon des nuages noirs en rangs serrés, paraissait, ici, renoncer à toute colère.

— Soyez le bienvenu, dit Larissa.

Elle m'avança une chaise. Ses gestes étaient harmonieux. Elle s'était débarrassée de sa cape et je la voyais les bras nus. Sa chair dorée appelait les caresses. Elle sentait bon au point que j'hésitai à lui imputer ce parfum enivrant que l'on pouvait attribuer aussi aux roses du jardin, les premières, à peine écloses, près du chèvrefeuille luisant.

— Comment vous sentez-vous maintenant ? me dit-elle encore en me scrutant attentivement.

— Ma foi, ce pourrait être pire, bien que je me remette difficilement...

— Vous avez une petite mine...

— Je n'ai pas dormi de la nuit...

— Le bruit du ressac, n'est-ce pas ? Quand j'habitais Penroc, je ne pouvais pas m'y faire... Et encore, vous avez de la chance... Aucune tempête depuis votre arrivée... Quand les éléments sont déchaînés, les vagues montent presque jusqu'à la maison. C'est terrifiant...

— Je croyais que vous aimiez ce pays...

— Non, je le déteste...

— Pourquoi ne pas le quitter ?

— Pour aller où ?

Il y avait une grande lassitude dans cette dernière phrase. Nulle part, Larissa n'entrevoyait de salut. Son âme était-elle si noire ? Ou bien était-elle résignée ?

— Quand retournez-vous à Paris ? me demanda-t-elle soudain.

Surpris par cette question, j'y répondis sans détour :

— Au train où vont les choses, probablement pas avant plusieurs mois. Dans l'état où je suis, je ne pourrais reprendre mon travail, alors... Ici, je ne suis pas si mal.

— Vous vous contentez de bien peu...

— De bien peu ? repris-je en riant. Savez-vous que l'on

vient de m'en offrir soixante-dix millions d'anciens francs ?

Et je lui racontai mon entrevue avec Segonza et Serdriguez. Je remarquai qu'à l'énoncé de ces deux noms elle avait joint les mains. Elle se détourna pour me dire :

— Vous auriez dû accepter. Cette offre est inespérée... Ne gardez pas cette maison... Elle... elle est maudite. Partez, Gautier. Sans vous retourner... Penroc ne devrait pas vous inspirer une once de regret...

Une violence sourde animait sa voix, la faisait fléchir. A peine surpris qu'elle me parlât de cette manière, elle qui avait eu à souffrir de vivre en ces lieux, je le fus cependant en la voyant soutenir Segonza :

— C'est un homme généreux. Monbourg n'aura qu'à se louer de sa présence. Les villages qui se meurent ont besoin de sang neuf, autant dire d'argent...

— Ne me dites pas que ce gros homme aux yeux globuleux vous inspire de la sympathie ! Jamais parvenu ne m'a paru aussi infatué de lui-même, aussi sûr de sa suprématie ! Il était persuadé que j'accepterais d'emblée sa proposition et me confondrais en remerciements obséquieux... Quant à Serdriguez, malgré son apparence de grand seigneur, il ne m'inspire aucune confiance... Finalement, tous deux seraient mêlés à quelque affaire louche que je n'en serais pas autrement étonné...

Tout à mes pensées, je remarquai pourtant l'air effrayé de Larissa. De nouveau elle s'appliqua à me démontrer que je faisais une bêtise.

— Mon Dieu, dis-je, que craignez-vous donc ?

— Je ne fus pas heureuse en cette maison, vous ne le serez pas non plus...

J'y vis un stratagème destiné à m'influencer, mais, de retour chez moi, j'attribuai à ses paroles un sens caché.

A la réflexion, Segonza n'avait pas dit son dernier mot. Probablement reviendrait-il à la charge dans les jours à venir. Je ris en songeant qu'il surenchérirait sûrement, et que, par conséquent, je n'avais qu'à me faire prier pour me retrouver à la tête d'une jolie fortune.

Je ne me trompais pas. Huit jours plus tard, il me fit une nouvelle proposition que je rejetai avec le même dédain.

— Mais que voulez-vous à la fin ? s'écria-t-il en donnant un coup de pied au perron. Penroc, ce n'est jamais que ce qu'on appelle dans le Midi « un vieux mas ». Si vous faisiez venir un architecte, il vous dirait que les murs sont moins solides qu'il n'y paraît. Quant au toit, le vieux avait peut-être fait changer les tuiles, mais il ne s'est point occupé de la charpente. Les vers la rongent insensiblement...

— Est-ce M. de Kéry que vous appelez « le vieux » ?

— Oui. Et alors ? Il avait bien l'âge de faire un mort ! Je vous choque ?

— Ce qui me paraît étrange, dis-je en négligeant de répondre à sa question, c'est votre acharnement à vouloir posséder cette... masure !

— Halte-là ! Je trouve à votre maison un charme fou. Voilà pourquoi je ne la raserai pas et consacrerai des millions à la restaurer, ce dont vous seriez vous-même bien incapable. Sans vouloir vous froisser...

— Je ne vous savais pas à ce point amoureux des pierres séculaires. Vos réalisations, tant en France qu'à l'étranger, s'inspirent davantage d'une architecture de science-fiction que des travaux de Mansart !

Prit-il ma remarque pour un compliment ? Il se rengorgea comme un paon :

— Réfléchissez encore ! Je n'ai pas beaucoup de patience, mais en revanche une grande ténacité. Je serais fort étonné de ne pas vous avoir à l'usure !

Il ponctua ces derniers mots d'un rire gras qui lui déclencha une crise d'asthme, si bien que Justine dut lui préparer une tasse de thé. Au passage, il lui pinça la cuisse, ce qui la fit rougir jusqu'aux oreilles. J'étais encore plus choqué qu'elle. Non, décidément, je ne me ferais jamais aux manières de cet individu. Parce qu'il nageait dans l'opulence, il devait se croire tout permis.

Il alla jusqu'à me dépêcher sa maîtresse. En fait de tanagra, c'était une fille vulgaire, tout juste sortie du ruisseau. Elle usa de battements de cils et de minauderies qui me laissèrent complètement froid.

— Edouard ne veut cette maison que parce que je la lui ai demandée, m'expliqua-t-elle. Vous n'aurez pas le cœur de contrarier nos projets...

— Désolé, Mademoiselle, mais je l'ai dit et répété à Monsieur Segonza : Penroc n'est pas à vendre...

— Même si j'étais prête, disons... à certain arrangement ?

Elle s'offrait sans pudeur. C'était plus que je ne pouvais en espérer ! D'où venait que ces diverses tentatives me renforçaient dans ma décision première ? Maintenant, ces gens-là m'inspiraient de la méfiance.

Il ne manquait pas de propriétés sur le littoral qui leur auraient tout aussi bien convenu...

De déduction en déduction, j'en arrivai à imaginer que Penroc les intéressait pour tout autre chose... La maison recelait-elle un secret ?

Le soir même, je triai les papiers que le secrétaire du grand salon contenait, des tas de lettres jaunies où l'encre s'effaçait et des factures. Rejetant les secondes, je m'astreignis à lire les premières. Aucune n'avait un réel intérêt. La plupart étaient signées de Kelvin et relataient ses voyages. J'en trouvai une où il annonçait à son père son mariage avec Larissa da Combo. Son lyrisme témoignait de la passion que la jeune femme lui inspirait : « Elle est plus belle que la nuit... » ou encore : « L'aurore fardée de rose n'est rien en comparaison de son teint... » « Vous l'aimerez... Orpheline, elle ne pourra quant à elle que vous chérir. Accueillez-la sans arrière-pensée et sans rancune... »

Dans une autre missive, Kelvin écrivait :

« Toujours aucune nouvelle de vous... Je m'inquiète... Nous prendrons le bateau dans trois semaines. Ma femme a hâte de vous connaître. Est-ce que Gontran pourrait venir nous chercher au Havre avec la voiture ? »

Suivaient le jour et l'heure de leur arrivée.

Je me dis que Kelvin n'était pas très certain que sa famille accueillerait Larissa convenablement. Que n'avait-il alors décidé de vivre à l'étranger ! La plus grande des cités américaines ou le plus pauvre des pueblos leur aurait mieux convenu que l'atmosphère lourde de Penroc. Lourde par l'inimitié de ses habitants, qui — je le devinais — n'avaient jamais pardonné à Kelvin de s'être marié loin d'eux, sans leur appréciation ni leur consentement.

Je n'eus pas de peine à imaginer le désarroi de Larissa. Elle devait s'efforcer de se rendre utile. Comment Clothilde, la femme d'André, accueillait-elle ses initiatives ? Elle qui n'avait pas eu d'enfant redoutait-elle cette jeune épouse qui risquait de donner à M. de Kéry ce petit-fils tant attendu, symbole du renouveau et de la pérennité de sa lignée ? Nul doute qu'il deviendrait son héritier et que Gontran, comme André, se verrait dépossédé de Penroc et des terres alentour...

Jusqu'ici, dans les conversations que j'avais eues avec les gens du village, il n'avait pas été question de Clothilde ou très peu... A présent, j'étais dévoré de curiosité. Qu'était-elle devenue ? Je décidai de me renseigner à ce sujet.

Toutes ces considérations ne m'éclairaient pas quant à la véritable raison qui poussait Edouard Segonza à se porter acquéreur de Penroc.

Il était dix-neuf heures, quand Larissa frappa à ma porte. Je la conviai à partager mon repas, mais elle refusa :

— Je vous ai apporté une tisane, me dit-elle, et devant ma surprise : — Ne m'avez-vous pas dit que vous perdez le sommeil ? Ces quelques plantes vous aideront à bien dormir cette nuit et vous vous réveillerez frais et dispos.

Des deux mains, elle me tendit une petite Thermos :

— Quand vous vous coucherez, l'infusion sera à température idéale... C'est un breuvage tout à fait innocent, ajouta-t-elle comme pour rejeter d'éventuelles objections.

— Je crois à la vertu curative des plantes, répliquai-je aussitôt. Merci d'avoir pensé à moi...

Elle s'en alla presque aussitôt et je portai la Thermos dans ma chambre.

Inconsciemment, j'avais envie de la soustraire aux regards inquisiteurs de Justine qui s'était réfugiée dans sa cuisine pendant l'entrevue, mais qui ne manqua pas d'en sortir dès que « la sorcière » se trouva à distance respectueuse.

— Vous pouvez servir, Justine, dis-je.

Je passai à table et dépliai ma serviette. Tout en dînant, je m'absorbai dans la lecture du journal. Les aléas de la politique, les faits divers et même la page humoristique, rien de tout cela ne chassa mon ennui. Parce que mes pensées retournaient inexorablement auprès de Larissa, je m'aperçus que j'avais un grand besoin d'elle, de sa présence, de son sourire mélancolique. Cette découverte m'accabla. Etait-il possible que je fusse tombé amoureux de cette femme ?

Je n'existais plus que pour la rencontrer, avoir avec elle une de ces conversations à bâtons rompus qui ne se terminait pas et que nous reprenions tacitement le lendemain, comme si nos tête-à-tête ne dussent jamais finir...

Je savais maintenant pourquoi je renonçais aux millions de M. Segonza. Ce n'était ni par entêtement ni par mépris de l'argent, mais parce que vendre Penroc m'éloignerait à jamais de Larissa...

Je ne me blâmais pas d'éprouver à son égard cette passion qui, jusqu'ici, m'était inconnue, ni d'être moralement infidèle à Muriel, Muriel que j'allais épouser, Muriel qui me donnerait un enfant... Mes sentiments pour l'une et l'autre étaient de nature si différente que j'avais l'impression de vivre deux vies parallèles dans deux mondes bien distincts.

Très tôt, je me retirai dans ma chambre et me couchai. La mer, ce soir-là, susurrait une plainte éternelle.

De ce fait, les vagues contre les rochers perdaient en puissance ce qu'elles gagnaient en mouvements lancinants qui frappaient mon cœur avec un acharnement diabolique, au point que les allées et venues de Justine, qui finissait de ranger la maison, me parvenaient très assourdies. Et Dieu sait pourtant combien elle était brusque ! Jamais elle ne saurait travailler sans bruit !

Enervé, sachant que toute nuit sans sommeil retardait d'autant ma convalescence, j'avalai d'un seul trait le somnifère de Larissa. La tisane avait un goût de fiel, malgré le sucre qu'elle y avait fait fondre. Ainsi, la jeune femme possédait le secret des plantes... Et soudain je l'imaginai en train de préparer une infusion destinée à Kelvin. Aux fleurs séchées, au tilleul et à la menthe, aux herbes sauvages cueillies dans la lande, avait-elle adjoint quelque subtil poison ?

Pendant dix minutes, je fus en proie à une sorte de nausée, provoquée davantage par cette horrible vision que par l'amertume du breuvage, puis insensiblement mes yeux se fermèrent...

J'entendis encore le ressac et, dans le lointain, comme un bruit de canot à moteur... Parce que les bateaux croisaient rarement au large de Penroc, je m'en étonnai, mais des papillons noirs se mirent à tourner dans mon cerveau à une vitesse vertigineuse et brutalement je m'endormis.

Chapitre VI

La consultation que me donna Hector Leguérec le lendemain matin ne me rassura pas quant à l'évolution de ma maladie. J'étais en effet de nouveau fatigué à un point extrême et mon teint virait au jaune-brun...

— Ma parole, vous rechutez ! s'exclama le médecin. Je vous croyais pourtant sorti d'affaire... J'ai bien envie de vous envoyer quelques jours à l'hôpital.

— Vous plaisantez ! dis-je. Je ne veux pas quitter Penroc.

Mon entêtement coupa court à ses protestations. Il soupira :

— En tout cas, pas d'imprudence. Un régime sévère et de la chaise longue. Et si vous vous sentiez plus mal, n'hésitez pas à m'appeler. Ma fille m'a annoncé votre prochain mariage... Félicitations.

Il n'était pas comme sa femme qui ne m'accueillait plus avec la même affabilité, depuis que Sandrine lui avait appris l'existence de Muriel. Leurs ambitions, dont j'étais le pôle attractif sans avoir rien fait pour cela, s'étaient brutalement écroulées.

— Est-ce que Justine est là ? me demanda-t-il en rangeant son stéthoscope dans sa serviette. J'aimerais la sermonner, car, comme toutes les filles de la campagne, elle ne conçoit pas une cuisine sans graisse... Elle aurait plutôt tendance à vous mijoter de bons petits plats, hein ?

— Oh ! je n'y fais guère honneur...

— Hum ! C'est à voir ! Heureusement que la semaine prochaine vous aurez votre ange gardien avec vous.

Je mis quelques secondes à réaliser qu'il me parlait de Muriel. Personnellement, je la voyais plutôt quémander aide et protection. Curieusement, je n'attendais d'elle aucun réconfort. Elle était entrée dans ma vie sans que je l'eusse vraiment cherché et depuis que je lui avais promis de l'épouser, je la considérais un peu comme un « accident de parcours ».

Je fis un effort pour raccompagner le docteur Leguérec jusqu'à la porte. Il me félicita de la façon dont j'avais arrangé les abords de ma demeure. Je m'étais pourtant contenté d'acheter une centaine de plants de géraniums que j'avais disposés en demi-cercle au pied du perron. Les fleurs orangées donnaient une note pimpante aux murs que la pierre apparente rendait austères. Je voulais ôter à Penroc son apparence tragique, mais il me faudrait plus de vigilance encore que d'argent. Les rires de notre enfant chasseraient-ils les angoissants échos dont la maison avait jadis — y avait-il si longtemps ? — résonné ? Je l'espérais sans trop y croire.

Un pressentiment me disait que je n'étais pas venu en ces lieux pour jouer au gentleman-farmer, mais pour quelque chose qui, de toute éternité, était écrit et préparé. Cette sensation de fatalité me poursuivait chaque jour davantage, comme me poursuivaient les accusations que l'on portait contre Larissa. Les cris des cormorans, l'appel des mouettes semblaient les répéter à l'infini ; le vent les reprenait en chœur. Et Kelvin, qui, seul, aurait pu protéger sa femme des ragots et faire taire les mauvaises langues, était mort, lui aussi, mais de langueur, comme s'il eût renoncé à tout combat, à toute défense...

— Ah ! je vois que vous avez ouvert la grange...

Je tressaillis :

— Oui, je m'en sers de garage pour ma 104. Savez-vous que les embruns tachent la carrosserie, que le sel rouille les chromes et embue le pare-brise ? Si, au lieu de souffrir du foie, j'étais atteint de rhumatismes, je crois que cette maison ne me conviendrait pas...

Puis, bien que je ne sois pas d'un naturel bavard, je lui fis part de l'offre de Segonza.

— C'est inespéré ! s'exclama-t-il. Naturellement, vous acceptez ?

— Non. Je ne suis pas à court d'argent.

— Il n'empêche... A votre place, je n'hésiterais pas un instant. Qu'avez-vous à perdre ?

— Et si je m'étais attaché à Penroc ? Si je trouvais son atmosphère envoûtante parfaitement accordée à mes goûts ?

— Je vous aurais cru d'un naturel moins compliqué... Mais c'est votre affaire...

Il monta en voiture et me tendit la main à travers la portière dont il avait abaissé la glace.

— Qu'est devenue Clothilde de Kéry ? demandai-je en le retenant un instant.

— Je n'en sais fichtrement rien... Interrogez donc Maître Cabotte... 5, boulevard Duponchet à Saint-Cast...

— Merci. A bientôt...

Il vira sur l'esplanade et s'éloigna rapidement. Je priai Justine d'aller me chercher les médicaments qu'il m'avait ordonnés.

— Monsieur ne se sent pas bien ?

— Pas très, non. Je vais me recoucher...

Etait-ce le somnifère de Larissa qui continuait d'agir ? Une torpeur m'envahissait.

Un quart d'heure plus tard, j'entendis Justine tandis qu'elle mettait en route son vélomoteur et s'éloignait. J'enlevai ma robe de chambre et me glissai entre les draps. La tête sur l'oreiller, je m'aperçus que je souffrais de migraine. Même dans le sommeil qui m'emportait de nouveau, j'étais conscient de ce mal lancinant. Au bout d'un moment, je sentis quelque chose de frais sur mon front en feu. Je souris et appelai doucement :

— Larissa...

Alors, il me sembla que quelqu'un m'effleurait d'un baiser. Sans bouger, je fis un effort pour retrouver mes sens. La vision de la jeune femme penchée sur moi allait-elle se concrétiser ? Une courte prière et j'ouvris les yeux. J'avais tellement hâte de saisir l'image qui sans doute s'évanouirait que ma main se porta en avant, happant un poignet fragile.

— Vous ! dis-je.

C'était bien Larissa qui se tenait à mon chevet, Larissa qui m'avait bassiné les tempes et m'avait embrassé. Et comme elle avait un mouvement de recul et de fuite, tandis qu'une brusque rougeur envahissait ses joues, je me redressai sur mes oreillers, prenant son autre main et les portant l'une et l'autre à mes lèvres.

Miraculeusement, je ne sentais plus ma fatigue et mon sommeil s'était envolé. Un désir indomptable s'emparait de moi. J'avais soif de cette bouche tendre, comme d'un fruit gorgé de soleil, soif de ce corps contre le mien. Avant qu'elle eût esquissé un geste de défense, je l'attirai contre moi. Sa taille se courba à la manière d'une liane, ses lourds cheveux d'ébène me caressèrent la joue. Parce qu'elle avait soudain perdu toute couleur, je compris l'émotion qui l'envahissait. Je n'étais pas moins bouleversé, pas moins certain que devant la tentation je ne battrais pas en retraite et que, malgré ses remords, elle s'abandonnerait aussi.

Je l'embrassai avec une ferveur qui trouva bien vite en elle un écho brûlant. Alors je la renversai sur le lit et la pris dans la tiédeur des draps froissés, entre ces murs nus et froids, avec un plaisir d'autant plus exacerbé que j'avais rêvé de la tenir ainsi à ma merci.

C'était un être chaud et vivant, elle le découvrait. Sa chair n'était pas morte, son cœur battait à un rythme oublié et son esprit pouvait commander au désir... Je sentis sur ma main glisser ses larmes, une à une...

— Ah ! dit-elle. Ah ! Qu'avons-nous fait...

— Je vous aime. Depuis le premier instant où je vous ai vue et peut-être de toute éternité...

Aucun des mots que je prononçais ne me paraissait grandiloquent. Elle les buvait sur mes lèvres avec une sorte d'extase, telle une enfant émerveillée par un conte de Noël. Puis je la vis se raidir, s'échapper de mes bras et mettre de l'ordre dans sa toilette. Elle baissait les yeux et ne me regardait plus que furtivement, à mi-chemin entre la honte et le désespoir, comme si elle pressentait que j'allais l'y condamner irrémédiablement.

Ce fut à mon tour de me détourner. Maintenant, elle se tenait très droite près de la porte. Je savais que je ne pourrais la retenir plus longtemps et que peut-être elle regrettait notre folie. Je n'étais pas loin de croire qu'elle m'en voulait déjà... Mais que serait-ce lorsque Muriel s'installerait à Penroc ?

— Je vous ai apporté une autre tisane, me dit-elle en

faisant échange de thermos. Si j'avais pu prévoir... — Elle se mordit la lèvre : — Promettez-moi de la prendre ce soir.

— Oui, dis-je, oui, bien sûr... Tout ce que vous voudrez...

Je ne la tutoyais pas. Elle parut m'en être reconnaissante. Etrange créature qui ne m'avait point résisté et m'inspirait pourtant le respect le plus profond !

— Ma fée... murmurai-je. Reviendrez-vous ?

— Demain, oui. Chaque jour, jusqu'à ce que vous soyez guéri... Mes remèdes de bonne femme vous feront plus de bien que les médicaments sophistiqués du docteur Leguérec...

J'en conclus qu'elle avait dû guetter son départ et celui de Justine, avant de s'introduire auprès de moi.

A peine fut-elle partie que je sombrai dans la mélancolie. Heureux comme je ne l'avais jamais été, je me blâmais pourtant. Larissa serait en droit de me faire des reproches. Avais-je oublié que je m'étais engagé avec une autre ? Pas un seul instant. Alors ?

— Un salaud ! proclamai-je. Je suis un salaud !

Je ne voyais pas d'issue au labyrinthe où je m'étais enfoncé. Huit jours plus tôt, j'aurais pu demander à Larissa de m'épouser.

Maintenant, je me devais de tenir ma promesse, quoi qu'il m'en coûtât. Déchiré, j'entrevoyais ce que serait ma vie, jamais guéri du désir que m'inspirait Mme de Kéry, jamais consolé de l'avoir perdue. Ah, Dieu ! Avais-je mérité un tel sort ?

Justine frappa à ma porte :

— Vos médicaments sont là, Monsieur.

— Posez-les sur la table du salon bleu.

J'entendis ses pas lourds dans l'escalier et l'écoutai chanter à tue-tête un refrain à la mode. Que n'avais-je sa placide sérénité !

Je me levai pour déjeuner et m'installai ensuite près de la fenêtre, regardant la mer et le ciel et les rochers et les longues herbes de la lande qui pliaient sous le vent. Reviendrait-elle comme elle me l'avait promis ? Je lui dirais la vérité d'un cœur humble ou ne lui dirais rien, attentif à ne pas gâcher ces quelques heures qui précéderaient l'arrivée de Muriel.

Partir ! Partir loin de Penroc, ce pouvait être une solution. Mais la laisser, elle, avec le seul souvenir d'une brève étreinte, me paraissait inhumain, et pour tout dire impossible.

Je me retins de courir jusqu'au pavillon dans le but de quémander son pardon.

Supplantant toutes considérations sentimentales, une idée faisait son chemin dans mon esprit. Qu'au moins, si je ne pouvais lui offrir mon nom, s'il m'était interdit de lui consacrer ma vie, je puisse la délivrer du mal qui l'oppressait. Prouver qu'elle n'avait point tué son époux, qu'elle n'était pas la cause de l'accident d'André ni du suicide de Gontran, que l'ensemble des événements n'était qu'un ramassis de fatalités, l'arracher à la nuit où elle se terrait et, suprême récompense, ramener sur ses lèvres un sourire heureux ; c'était une gageure, mais je relevai le défi.

Cette perspective me galvanisa au point de me pousser à me rendre chez Maître Cabotte.

Mon arrivée impromptue à l'étude ne perturba guère le fonctionnarisme des employés du notaire. On mit quelques minutes à me demander ce que je désirais.

— Je voudrais voir Maître Cabotte.

— Vous avez rendez-vous ?

— Non, mais je ne le retiendrai que quelques instants. Dites-le-lui bien, voulez-vous ?

La dactylo en tablier gris disparut dans un couloir encombré de dossiers poussiéreux, un air incrédule sur ses traits sans beauté. Au bout d'un moment, elle revint en me priant de m'asseoir, sans préciser combien de temps je devrais attendre.

Je fis contre mauvaise fortune bon cœur, observant autour de moi les allées et venues, assommé par le cliquetis incessant des machines à écrire. Je détaillai le plafond noirâtre et notai que les papiers peints se décollaient. Une odeur de renfermé infectait l'atmosphère.

— Monsieur Landasle ?

— Oui, dis-je en me levant.

L'homme qui me faisait face avait des gestes mesurés et lents, des yeux délavés dans une face blême. Au premier abord, il ne m'était pas sympathique, mais qu'importait ?

Je le suivis dans le couloir sombre. Sur le seuil d'un bureau presque aussi mal éclairé, il s'effaça :

— Entrez... Que puis-je pour vous ?

— Je crois utile de me situer à vos yeux. Je suis l'héritier de Penroc.

— Ah ! il me semblait bien... Votre nom, sur l'instant, ne m'a pas dit grand-chose... Je suis allé à Penroc, peu de jours après le décès de Mme Adec, simplement pour fermer la maison. Vous savez que M. de Kéry avait donné des ordres pour que « sa bonne Marie », comme il l'appelait, pût y finir ses jours... Elle n'aura pas profité longtemps de sa générosité... Asseyez-vous...

Je m'exécutai. Visiblement, le notaire ne comprenait pas ma visite. Les formalités de succession étaient réglées; je ne lui devais rien. Mon notaire de Paris avait fait le nécessaire, et je m'étais également acquitté de mes devoirs envers l'administration.

— Je m'étonne, Maître, dis-je, d'avoir hérité de ce bien. Connaissant au moins deux héritières plausibles, j'éprouve un peu de remords à les en avoir dépossédées.

Il haussa un sourcil et me regarda avec plus d'attention. C'était sans doute la première fois qu'on lui tenait un langage de cette sorte. Habitué à voir les gens se déchirer férocement lorsque le moindre pouce de terrain, la plus petite somme d'argent étaient en jeu, il me considérait comme un phénomène.

— M. de Kéry avait clairement exprimé sa volonté. Vous pouvez jouir de votre héritage en paix.

— Oui, oui, bien sûr... Mais... N'a-t-il pas commis une injustice envers ses belles-filles ? Je suppose que vous le lui avez fait remarquer en temps voulu ?

— J'ai en effet émis quelques objections dont il n'a tenu aucun compte. Entre nous, je crois qu'il voulait les éliminer de sa vie, car il les tenait pour responsables des fâcheux événements qui se sont succédé à Penroc. Saviez-vous que Clothilde de Kéry voulait attaquer le testament ? Nous aurions eu du fil à retordre avec elle, si la nécessité ne lui avait fait renoncer aux poursuites. Les avocats coûtent cher...

— Qu'est-elle devenue ? demandai-je.

— Elle s'est retirée à Dinan.

— Ne pourriez-vous me donner son adresse ?

Mon insistance le surprit, mais il ne chercha pas à définir mes raisons. Allant jusqu'à la porte qu'il ouvrit, il appela la secrétaire en blouse grise et la pria de lui apporter le dossier de la succession. Quelques instants plus tard, il le feuilletait.

— Voilà, dit-il. Mme Clothilde de Kéry, 15, rue du Jerzual. A ma connaissance, elle n'a pas changé d'appartement. Quant à Mme Larissa de Kéry...

— Je la connais, dis-je.

— Ah ! bon.

— Sous l'influence de sa belle-sœur, désirait-elle, elle aussi, attaquer le testament ?

— Aucunement. Je garde un souvenir étrange de cette jeune femme. Elle semblait non pas résignée, mais indifférente... Les mots que je prononçais glissaient sur elle sans l'atteindre. A peine en avais-je terminé avec les dernières volontés de M. de Kéry, qu'elle me salua et quitta mon cabinet. Je ne l'ai plus revue...

Comme s'il était encore sous l'effet de ce souvenir, il hocha la tête, puis il se leva, me rappelant par là que si mon temps n'était pas compté, le sien était précieux. Je l'arrêtai d'un geste :

— Un dernier mot, Maître... Vous connaissez bien M. de Kéry. Comment a-t-il ressenti la mort successive de ses trois fils ?

— Je ne sais pas. Ce n'était pas un homme à s'épancher. Je ne l'ai vu qu'une seule fois en proie à la plus violente crise de nerfs. Kelvin, à son tour, venait de succomber. Il reposait sur son lit, un crucifix entre ses doigts crispés. Clothilde et Marie Adec psalmodiaient à son chevet. Pour couvrir les paroles de Roger de Kéry qui, dans le couloir, s'en prenait à son autre belle-fille, elles élevèrent la voix, tandis que, m'efforçant à une grande dignité, j'aspergeais le défunt d'eau bénite.

— Pourriez-vous me répéter ces paroles ?

— Ce me serait bien difficile, je n'en ai saisi que quelques bribes... Mais elles contenaient une accusation terrible. Je surgis au moment où Larissa de Kéry, les mains jointes, suppliait : « Père ! Vous n'aurez pas le cœur de me dénoncer ! » Mon apparition dans le couloir les dérouta. Je leur présentai mes condoléances. Le lendemain, j'appris que le docteur Bosc avait refusé le permis d'inhumer... L'affaire fit grand bruit et se tassa, faute de preuves...

— Et si je vous demandais votre opinion ?

Maître Cabotte me fixa de ses yeux délavés :

— Je ne porte pas de jugement hâtif.

J'approuvai sa prudente réserve et me retirai, non sans m'être confondu en remerciements.

Au sortir de l'étude, je demeurai quelques instants immobile, cherchant à rassembler mes idées. De Saint-Cast à Dinan, il n'y a guère que trente-six kilomètres. Après avoir consulté ma montre, je jugeai qu'il n'était pas trop tard pour m'y rendre, même si, au retour, la nuit me prenait en chemin.

Tout en me dirigeant vers ma voiture, j'essayai de me forger une idée approximative de Clothilde de Kéry. Si j'en croyais les rapides calculs auxquels je m'étais adonné, elle avait dépassé la cinquantaine. On m'avait en effet affirmé qu'elle devait avoir vingt ans de plus que Larissa. Je l'imaginais revêche et aigrie, avec du fiel plein la bouche, presque une mégère...

De quelle manière me présenterais-je chez elle ? Je m'en voulus de ne pas avoir réfléchi à cette question. Or il était très important que la veuve d'André de Kéry me témoignât une certaine sympathie. Allais-je être assez habile pour lui inspirer confiance ? Consentirait-elle à me parler de sa vie à Penroc et des circonstances dramatiques qui avaient précédé la mort de Kelvin, le dernier du nom ?

L'aile cabossée de ma petite Peugeot que lorgnait un passant me rappela que je n'avais pas fait le nécessaire auprès de ma compagnie d'assurances. Cette évocation provoqua en moi comme un déclic. Je venais de trouver le moyen de pénétrer chez Mme de Kéry sans éveiller sa méfiance.

Le scénario que j'échafaudai ensuite, tandis que je conduisais, avait l'avantage d'être plausible. Avec de la chance, je m'en tirerais...

A mon arrivée à Dinan, je consultai un plan.

Voyant que la rue du Jerzual se trouve dans la vieille ville, je jugeai plus prudent de garer ma voiture sur la place Saint-Sauveur. Après quoi je m'acheminai par la rue de l'Horloge jusqu'à la tour du même nom. N'accordant à cette dernière qu'un vague regard, je traversai ensuite la place des Merciers. Malgré mes préoccupations, les ancestrales maisons à pignons triangulaires m'inspirèrent du respect. Mais je n'aurais pas aimé vivre en ces lieux qu'un ciel maussade, accompagné d'un crachin désagréable, rendait sinistres. Brusquement, le temps avait en effet changé. Je relevai mon col de veste et m'abritai sous les galeries de bois. Le vent qui s'y engouffrait aussi faisait grincer les enseignes des nombreux magasins dont je ne pris pas le temps d'inspecter les vitrines. Par la rue de la Poissonnerie, j'atteignis la rue de la Lainerie et débouchai dans la rue du Jerzual. Aussitôt, je me mis en quête du numéro 5 et le trouvai, à moitié effacé par les intempéries. Toute la maison, du reste, avait l'aspect d'un de ces décors de théâtre, plus vrais que nature, derrière lesquels on sait pourtant qu'il n'y a rien... Et je fus presque surpris en y pénétrant de trouver un couloir lugubre et une montée d'escalier en colimaçon taillée dans la pierre, qu'éclairaient d'étroites fenêtres à meneaux. « Eclairaient » n'est d'ailleurs pas le mot qui convient, tant les carreaux encombrés de toiles d'araignée m'apparaissaient opaques. Les marches usées par endroits, les murs suintant d'humidité servaient de prison aux siècles qui s'y étaient accumulés, comme s'ils avaient préféré l'obscurité à la lumière et le passé à l'avenir...

A chaque étage, le palier était étroit et une seule porte s'y ouvrait. Si l'électricité, malgré l'anachronisme qu'elle représentait, y avait été installée, je n'avais pas remarqué de commutateur.

J'en fus donc réduit à battre mon briquet. La flamme qu'un léger courant d'air faisait vaciller ne me fut d'aucun secours, car il n'y avait pas de nom sur les portes. De marche en marche, j'étais arrivé au troisième et dernier étage avant les combles. Je frappai, une fois d'abord, puis deux autres fois plus fort. Une voix rauque me cria d'entrer, ce que je fis. Une femme sans âge était assise dans un fauteuil, les jambes couvertes d'un plaid aussi terne qu'elle. Elle me fixait d'un regard intense dont la dureté n'avait d'égal que l'éclat.

— Pardon, dis-je, je cherche Mme de Kéry...

— Qu'est-ce que vous lui voulez ?

Peu amène, la question me rebuta. J'avalai ma salive en arborant un sourire engageant et le mensonge me vint naturellement aux lèvres :

— Sa belle-sœur est la bénéficiaire d'une assurance-vie que son mari avait contractée peu avant son décès.

Je représente la compagnie qui a exigé un supplément d'enquête. C'est la coutume, lorsque la mort est suspecte.

J'avais quelques regrets de ne pas avoir de serviette avec moi, ce qui aurait donné plus de vraisemblance à mon personnage. Mais ma tenue et mon maintien en imposèrent à mon interlocutrice, à moins que ce ne fussent ces mots magiques : « Assurance-Vie », gage de bon et bel argent. Je vis ses yeux briller d'hostilité. Elle s'agita sur son fauteuil et me pria de refermer la porte derrière moi, non sans avoir décliné son identité :

— Je suis Clothilde de Kéry. Asseyez-vous...

J'attirai une chaise dépaillée et m'installai en face d'elle. C'était une femme qui avait dû être belle. Ses traits affaissés, sa mine cireuse ne faisaient pas oublier la majesté de son port de tête. Elle se tenait très droite et me dévisageait, visiblement ébranlée :

— Elle aura donc toutes les chances ! Il n'en est pas de même pour moi...

D'un geste rapide, elle m'avait invité à jeter un coup d'œil sur les lieux, m'indiquant ainsi le dénuement dans lequel elle vivait.

Mal à l'aise, je toussotai en ajustant ma cravate.

— La somme, Monsieur, à combien se monte-t-elle ?

— Euh ! A cent mille francs si... si toutefois les soupçons qui pèsent sur la bénéficiaire peuvent être écartés.

— Où voulez-vous en venir ? me dit-elle, tandis que la méfiance ternissait ses prunelles de jais.

— Les rapports de gendarmerie stipulent que Kelvin de Kéry est mort d'une maladie de langueur, mais il est apparu qu'il pouvait s'agir d'un meurtre par empoisonnement... Naturellement, sa femme a été suspectée. Je ne vous apprends rien...

— En effet.

— Eh bien ! tant que la compagnie n'aura pas clairement établi son innocence, les cent mille francs ne pourront lui être remis.

— Je vous rappelle que la police a classé l'affaire. Seriez-vous plus acharné qu'elle ?

— Pourquoi les témoins se sont-ils tus ? Vous-même, Madame, rappelez-vous, avez observé un mutisme désarmant. Pourtant, vous en savez certainement beaucoup plus long que vous n'avez voulu l'avouer...

— Et quand cela serait ? Il y a quelque chose qui

m'étonne, enchaîna-t-elle en rejetant soudain la couverture qui couvrait ses jambes et en se levant. Voulez-vous me passer ma canne ? Là, contre la fenêtre...

Je m'empressai, tout en dissimulant ma surprise, car je l'avais bien crue paralysée.

— Merci.

Elle fit le tour de la table à pas comptés. Ses jambes rouges et enflées témoignaient d'une mauvaise circulation du sang.

— Pour vivre, je fais quelques travaux de couture. Je couds près de la fenêtre, car la lumière électrique fatigue mes yeux... Autrefois, à Penroc, je m'installais sur l'esplanade qui domine la mer. C'était le bonheur...

L'évocation de cette maison qu'elle avait chérie, et dont elle avait été chassée honteusement par décision d'un vieillard qui, peut-être, n'avait pas toute sa raison, la transfigurait.

— Où en étais-je ?

— Quelque chose vous étonnait... repris-je pour la mettre sur la voie.

— Oui. Il y a dix mois que Kelvin est mort. Je ne comprends pas que vous ayez tant tardé à venir me voir...

— C'est que... — Je me mordis la lèvre : — Dans les administrations, vous savez, les dossiers traînent de bureau en bureau...

— J'ignorais que Kelvin s'était assuré sur la vie. C'était contraire à ses principes. Il avait horreur de la paperasse et vivait au jour le jour.

— De quoi ? demandai-je.

— Mais... de la pêche, comme tout bon Breton qui se respecte.

Quelque chose dans sa façon de me répondre, teintée de désinvolture, sonnait faux. Trois ou quatre battements de cils me confirmèrent dans cette impression.

— Depuis le décès d'André, nous nous accrochions tous à Kelvin. Il représentait notre dernier rempart contre l'adversité. Vous voyez dans quelle pauvreté je vis maintenant... Ah ! il faudra bien qu'elle paye un jour !

— Qui, « elle » ?

Elle pinça les lèvres :

— Les Kéry ont un sens inné de la solidarité.

— Ce qui revient à dire que le coupable est bien de votre famille... Votre belle-sœur ?

Elle baissa les yeux. Les vieilles haines remontaient à la surface. Je le remarquai à la crispation de sa bouche, à la rigidité de son attitude. Insensiblement, je l'amenais près du piège où je souhaitais la voir tomber, et mon cœur battait plus vite.

Le jour qui s'effaçait plongeait la pièce dans la pénombre. Clothilde de Kéry, dédaignant la suspension qui pendait du plafond noirci, alluma un candélabre à trois branches. Me le désignant du menton, elle ajouta :

— Je serai obligée de le vendre pour payer mon terme de loyer. Il m'avait été offert pour mon mariage. Que de souvenirs partiront avec lui ! Oui, Monsieur, c'est elle qui nous a apporté le malheur. Sans elle, mon mari serait encore en vie, et Kelvin, et Gontran aussi... Quant à mon beau-père, il était parti pour devenir centenaire. Le chagrin l'a tué. Vous aurez peut-être du mal à comprendre, mais, voyez-vous, Larissa nous détestait. Que dis-je ! Elle nous a haïs dès le premier instant où elle est entrée à Penroc. Pendant les mois qui suivirent, elle ne cessa de harceler Kelvin. Elle aurait voulu vivre à la ville, à Rennes ou à Paris... Je me suis tout de suite rendu compte qu'elle avait la folie des grandeurs. Elle nous méprisait. Quand les hommes revenaient de la pêche, elle regardait les nasses avec un profond dégoût. Elle ne nous aidait à les réparer et à aller vendre le poisson sur les marchés que contrainte et forcée. C'était pratiquement moi qui faisais tout à la maison.

— Avec Marie Adec..., ajoutai-je.

Clothilde de Kéry haussa les épaules :

— Oh ! celle-là... Il fallait aussi s'en méfier. Elle avait sa petite idée derrière la tête, à savoir : épouser mon beau-père, devenir la maîtresse de Penroc et nous en chasser.

— Parlez-moi de Gontran. Pourquoi s'est-il suicidé ?

— Vous me le demandez ? Mais à cause de Larissa, bien sûr ! Elle l'avait ensorcelé. Un sursaut de dignité lui fit sans doute prendre conscience de sa folie. Aimer la femme de son frère ne lui apportait que tourments et désolation. Il se jeta du haut de la falaise. Nous retouvâmes son corps, écrasé sur les rochers...

« A partir de ce jour, André se mit à détester Larissa. Il

disait que c'était une sorcière et qu'elle nous ferait tous périr les uns après les autres. Parce que Kelvin soutenait encore sa femme, ils en vinrent aux mains. Nous dûmes les séparer. Voilà dans quelle atmosphère nous vivions, Monsieur, quand le second drame arriva. André aimait beaucoup monter à cheval. C'était sa seule distraction. Cet après-midi-là, il ne revint pas de sa promenade à travers la lande...

Sur ces derniers mots, la voix de Clothilde de Kéry s'était cassée, mais il n'y avait pas une larme dans ses yeux. Bien qu'elle me regardât fixement, ce n'était pas moi qu'elle voyait. Seulement une succession d'images, de scènes bouleversantes.

— Exprimer quels furent mes sentiments en cette minute est à peu près impossible. Ma désespérance était si grande, si insoutenable le combat que me livrait la raison, qu'il me semblait glisser vers les ténèbres, sans espoir de jamais retrouver la lumière.

A présent, Clothilde de Kéry accusait Larissa de lui avoir fait perdre Penroc.

— Pourquoi votre beau-père s'est-il montré si injuste envers vous ? demandai-je. Pourquoi vous a-t-il déshéritée ?

Avec réticence, elle avoua :

— Parce qu' « elle » avait réussi à jeter le trouble en son esprit, parce qu'elle ne cessait de clamer son innocence avec toute l'apparence de la sincérité. Je n'étais pas de taille à lutter contre cette femme, et sans doute la balance aurait-elle penché en sa faveur, si Marie Adec n'était à son tour intervenue...

Elle fit une pause. La flamme vacillante des bougies projetait sur le mur des ombres mouvantes. Soudain l'orage éclata et la pluie se mit à battre les vitres avec frénésie, comme si les éléments interdisaient à Clothilde d'en dire davantage. Elle ajouta cependant :

— Si bien que plongé dans l'incertitude, rongé par le doute, avec au cœur la crainte de commettre une grande injustice, M. de Kéry trouva la seule solution qui lui paraissait équitable. Il légua Penroc et les terres qui l'entourent à un arrière-petit-cousin, presque un étranger, qui probablement s'en débarrassera dans les mois à venir... Il y avait cent cinquante ans que la maison appartenait aux Kéry. Cent cinquante ans, Monsieur ! Pour en arriver là...

— Je suppose que votre beau-père possédait des valeurs, des titres, de l'argent...

— Ils s'en seront emparés.

— Ils ?

Elle avait parlé en oubliant ma présence. Ma question provoqua en elle un grand trouble si j'en juge à l'expression effrayée qui se peignit sur ses traits ; je compris qu'elle s'était aventurée sur un terrain délicat.

— Je veux dire « elles »... bredouilla-t-elle. Larissa et Marie Adec.

Comment la faire revenir sur ses déclarations et la pousser dans ses retranchements ? A présent, j'en étais certain, cette femme avait peur, et en elle, cette peur était au moins aussi dévastatrice que la haine qu'elle portait à sa belle-sœur. Pourquoi ? Que redoutait-elle ? Qui étaient ces mystérieux personnages qu'elle se repentait d'avoir évoqués ? Je compris que je n'en tirerais plus rien ce soir-là. Plusieurs tentatives pour la faire parler furent vouées à l'échec. Circonspect, je crus bon de ne pas insister davantage :

— Un dernier mot, dis-je en me levant. Si nous pouvons faire l'économie des cent mille francs dont devrait normalement bénéficier Madame Larissa de Kéry, nous ne vous oublierons pas, Madame, croyez-le bien. Alors, rappelez à vous vos souvenirs, notez tout ce qui vous a paru suspect, n'omettez rien... Je reviendrai vous voir.

— Ce ne sont pas des promesses fallacieuses ?

Je secouai la tête, car elle m'inspirait une sorte de pitié :

— Non. Pensez-y...

Je m'inclinai et sortis avant qu'elle m'eût demandé le nom des assurances que je représentais. Certes, je n'en étais pas à un mensonge de plus ou de moins, mais si elle avait écrit à la compagnie, mon stratagème serait tombé à l'eau et mes espoirs aussi.

Chapitre VII

Durant le trajet de retour, les essuie-glaces ne cessèrent de marcher. Ils scandaient encore mes pensées, lorsque j'arrivai à Penroc. C'était la première fois que je voyais ma demeure sous la pluie.

Le grand pin maritime qui tend vers la maison ses branches décharnées accentuait encore sa solitude et sa tristesse. Les hauts murs de pierre battus par l'averse semblaient tout droit sortis de l'enfer. Même les géraniums n'atténuaient pas leur austérité, car la nuit, à présent, les transformait en taches fantomatiques. Je mis ma Peugeot à l'abri dans la grange et gagnai en courant le perron.

Justine s'était enfermée à double tour. En mon absence, je ne la blâmais pas de prendre certaines précautions. Malgré le gros verrou que j'avais posé à la porte d'entrée, il n'aurait pas été difficile de s'introduire dans la demeure et d'y perpétrer un mauvais coup.

Quand je pénétrai dans le hall, mes pas laissèrent des traces humides sur le carrelage. La pluie ne m'avait pas épargné, si bien que je me déchaussai dans la cuisine, ôtai mon blouson de cuir, et m'essuyai les cheveux avant de monter à ma chambre. De la sienne, Justine me cria :

— C'est vous, Monsieur ?

— Oui. Dormez tranquille. J'ai dîné.

Je m'étais en effet arrêté dans une auberge, davantage par besoin de me distraire de mes obsessions que pour me restaurer.

Excité comme je l'étais, la nuit risquait de me paraître longue. Mais là, sur ma table de chevet, trônait la petite thermos de Larissa. Grâce à elle, peut-être allais-je trouver le sommeil. Ah ! dormir, dormir... Oublier... Je cherchai dans l'anéantissement de mes pensées un remède au mal qui me rongeait. Pour ne pas me laisser rebuter par l'amertume du breuvage, je l'avalai d'un trait. A ma grande surprise, je lui trouvai une certaine saveur. J'en déduisis que Larissa n'avait pas employé les mêmes plantes... Je me déshabillai et me couchai, un livre entre les mains, dans l'attente de voyager à travers ce monde étrange que nous appelons rêve, et dont au réveil nous nous souvenons rarement.

Une demi-heure passa. Je ne comprenais rien au roman que j'étais censé lire, parce que mes pensées se substituaient aux mots et dansaient entre les lignes une folle farandole. La veille, je n'avais pu tourner deux pages sans m'assoupir... Il n'en était pas de même aujourd'hui.

« Il faudra que je dise à Larissa que cette tisane-là est beaucoup moins efficace que l'autre... », décidai-je.

Cherchant à me suggestionner moi-même, je posai le livre et éteignis la lumière. Les minutes, puis les heures passèrent...

Lorsque douze coups sonnèrent au cartel de la grande salle, je n'avais pas encore fermé l'œil. Quelques instants plus tard, alors que rageusement je me retournais une fois de plus dans mon lit, il me sembla percevoir dans le lointain comme un bruit régulier. Me dégageant des couvertures, je me dressai sur mon séant, attentif, et déjà dévoré de curiosité. N'avais-je pas entendu la veille, juste au moment de sombrer dans le sommeil, ce son monotone que fait souvent un bateau dont le moteur tourne au ralenti ?

Cette fois, je voulus en avoir le cœur net.

Par-dessus mon pyjama, en hâte, j'enfilai mon blouson de cuir et, pour m'aventurer à travers les rochers, je jugeai plus sage de mettre mes chaussures. Volets et rideaux tirés ne devaient pas laisser filtrer la lumière de ma lampe de chevet, cependant, je l'éteignis sans tarder. Je connaissais si bien ma maison que j'étais fort capable de me diriger dans le noir. Je me munis malgré cela d'une lampe de poche que j'allumais par intermittence. Sans bruit, je gagnais la cuisine. J'avais en effet décidé de sortir par là plutôt que par la grande porte. Ainsi me trouvai-je tout de suite sur la falaise.

Ce n'était plus un bruit de moteur que j'entendais maintenant, mais un grincement de poulie. Il disparaissait lorsque la mer s'élançait à l'assaut des rocs. En fait, il fallait une oreille très fine pour le percevoir, et je ne pouvais distinguer d'où il venait...

Lentement, me fiant à mon instinct, je m'aventurai dans le sentier abrupt. Il pleuvait toujours et le vent gémissait.

C'était une nuit froide, hostile et noire, propice à tous les crimes... pensai-je en frissonnant. Au fur et à mesure que je descendais, j'étais obligé de m'arc-bouter, allant jusqu'à m'asseoir quelquefois pour mieux m'agripper à la roche. De longues herbes, de maigres arbustes jalonnaient mon parcours. Jamais je ne m'étais aventuré jusque-là. Je n'osais pas évoquer d'avance les efforts qu'il me faudrait faire pour remonter jusqu'à Penroc. En me retournant légèrement, j'aperçus sa grande ombre qui semblait projeter sur moi ses maléfices...

Au même instant, je me sentis entraîné dans une descente vertigineuse dont je me sortis heureusement avec plus de peur que de mal. Mais, comme je poussais un soupir de soulagement, j'entendis de nouveau ce bruit lancinant qui m'intriguait tant. Il paraissait provenir d'une excavation rocheuse, en contrebas.

Dans ma chute, j'avais atteint une sorte de promontoire, pratiquement identique à celui sur lequel la maison est construite. Tumultueuses, les eaux le sapaient à la base. Elles s'engouffraient dans les cavités que l'érosion a creusées tout le long du littoral. Rien de passionnant, rien qui ne méritât en tout cas de demeurer plus longtemps aux aguets. Et pourtant, je ne pouvais m'arracher à la fascination des remous qui déployaient devant moi leurs méandres mortels.

Soudain, il me sembla entendre un rire, puis des paroles... Tous mes sens en éveil, je demeurai immobile, retenant mon souffle, comme si j'eusse été capable d'imposer silence au ressac. Un nouveau son me parvint... Il n'évoquait plus une poulie que l'on actionne, mais bel et bien le ronronnement d'un moteur...

Près de moi, à quelques mètres, je vis deux yeux briller dans le noir, puis une petite silhouette s'avancer à pas lents sur la roche. Le chat! Le chat de Larissa ! Le geste que je fis attira son attention. Si grande fut sa frayeur qu'il fit demi-tour et s'élança à l'assaut de la falaise. Tenté de me redresser, je m'aplatis au contraire sur le sol. Le bruit s'amplifiait, les voix aussi... Brusquement, un canot m'apparut, sortant de la grotte que je surplombais.

Je le vis danser sur la barrière formée par la houle, ballotté tel un fétu de paille entre les récifs. A son bord, je distinguai quatre silhouettes d'hommes.

Celui qui conduisait l'embarcation se tourna vers les autres et leur fit signe de se taire. Le moteur tournait au ralenti. C'était miracle que je l'eusse entendu, à travers le fracas des vagues et les hurlements du vent. Venant du large, ce dernier entraînait avec lui une pluie drue et serrée, plus rageuse encore que celle dont j'avais subi les attaques à mon retour de Dinan. Glaciale, elle me transperçait jusqu'aux os, mais il n'était pas question de bouger de mon repaire, tant que le bateau ne serait pas hors de vue... Longues furent les minutes qui précédèrent sa disparition dans les ténèbres. Peut-être aurais-je pu descendre plus bas, peut-être aurais-je dû m'approcher de la grotte. J'y renonçai.

Demain, j'emprunterai une barque pour essayer d'y pénétrer à mon tour. L'étonnante aventure à laquelle je venais d'assister avait déjà beaucoup perdu de son mystère. Persuadé d'avoir surpris des trafiquants en pleine action, je commençais à entrevoir la raison pour laquelle on m'offrait de Penroc une somme mirobolante... De là à conclure que M. Segonza était de mèche avec la bande, il n'y avait qu'un pas que je franchis allégrement.

Je n'étais point mécontent de moi, lorsque je commençai à gravir la maigre piste qui serpente à flanc de falaise. Rien ne me fut épargné pendant cette ascension, ni l'averse qui me giflait le dos et paralysait mes muscles, ni le vent qui me jetait des graviers dans les yeux. L'eau qui ruisselait sous mes pas rendait la terre glissante et par là même dangereuse.

Je faillis tomber plusieurs fois. Léger, le pantalon de mon pyjama me collait aux jambes, sans me protéger du relief. Trempé, fourbu, au bord de l'évanouissement, j'atteignis enfin le sommet. Je dois dire que je demeurai quelques secondes immobile, tentant de reprendre mon souffle. Dans l'état déficient où je me trouvais, c'était une prouesse que je venais d'accomplir. Peu, du reste, auraient tenté une telle aventure en pleine nuit. Il fallait être casse-cou ou inconscient.

Je n'étais ni l'un ni l'autre, mais seulement obsédé par l'idée d'élucider les secrets de Penroc, uniquement sans doute parce que Larissa devait à ces lieux sa disgrâce et sa misère morale.

Dès que j'eus regagné ma chambre, je pris une douche chaude et me recouchai, évoquant les moments que je venais de vivre, m'interrogeant quant au trafic auquel j'avais assisté, en spectateur passionné. Car, passionné, je ne pouvais l'être davantage. Je me découvrais une âme de détective. Pêle-mêle, chacune de mes actions et tout ce qui m'avait frappé me revenaient en mémoire comme les rushes d'un film dont j'aurais oublié d'établir le montage. Je revis le bateau tandis qu'il s'éloignait, et, à son bord, les quatre silhouettes vêtues pareillement de chapeaux de loup de mer et de cirés noirs. L'une d'elles m'était apparu petite et fluette, comme si... comme s'il s'agissait d'une femme.

Une femme ! Immédiatement, je repensai au chat qui semblait ne pouvoir se passer de sa maîtresse et être toujours là où elle se trouvait...

Alors mon sang ne fit qu'un tour... Etait-il possible que Larissa fût la complice de gens indélicats exerçant un négoce illicite ? La drogue ! pensai-je. Seule la drogue est, de nos jours, réellement lucrative. En comparaison de ce trafic, la contrebande d'alcool ou de cigarettes fait figure de parente pauvre. Segonza ne se serait pas embarrassé de ce menu fretin. L'homme était ambitieux et rusé. En mon for intérieur, je n'hésitais plus à l'accuser de tous les méfaits. S'il s'était abstenu de renchérir pour obtenir Penroc, je ne l'aurais peut-être pas associé à cette affaire. A présent, j'étais persuadé qu'il en était l'instigateur. Etait-ce pour cela que Larissa l'avait tellement défendu ? Pour cela qu'elle me conseillait vivement de quitter Penroc ?

« Je les gêne ! », pensai-je, férocement satisfait de représenter la justice et le bon droit, dernier rempart contre l'immoralité et la corruption.

Mais, à mesure que j'associais Larissa, « ma » Larissa, aux activités de cette canaille, pénétraient dans mon cœur mille pointes acérées. En entrevoyant combien j'étais loin d'elle, en la condamnant alors que je voulais obtenir sa complète réhabilitation, c'était moi que je condamnais, moi que j'anéantissais.

Pourquoi la tisane n'avait-elle pas fait son effet ? J'en arrivais à haïr ces nuits blanches qui facilitaient mes élucubrations et venaient de m'apporter une certitude d'autant plus amère que je ne l'avais pas attendue...

Ce fut dans cet état d'esprit que j'allai, le lendemain, chercher Muriel à la gare. Elle m'apparut à la portière du train, maintenant d'une main sur sa tête la capeline rose assortie à sa robe qui menaçait de s'envoler. Ses énormes valises encombraient la sortie. Je m'empressai de les enlever pour permettre aux autres voyageurs de descendre. Alors seulement, nous nous embrassâmes.

— Toi, dit-elle, tu n'as guère bonne mine.

Je me contentai de hocher la tête. Je ne pouvais nier l'évidence.

— Tout de même, dit-elle. Tout de même... Pourquoi ne consulterais-tu pas un autre praticien ? Ton docteur Leguérec me fait l'effet d'être un peu rétrograde, non ?

— Je n'ai commencé son traitement qu'hier. Attendons pour juger...

— La dernière fois, je t'avais trouvé mieux, beaucoup mieux. Tu prétendais que l'air de ce pays te faisait du bien. Maintenant, je n'en suis plus aussi sûre... A voir ton air de chien battu, on dirait que tu n'as pas dormi de la nuit !

— En effet, dis-je. J'ai perdu le sommeil...

Pas question de lui raconter mon équipée nocturne. Je ne voulais pas la tourmenter. L'état dans lequel elle se trouvait était un bon prétexte pour la tenir à l'écart de ce qui se passait à Penroc. Si je lui en avais parlé, nul doute qu'elle m'aurait conseillé de vendre et « de ne pas me mêler de ça ».

A vouloir faire obstacle à Segonza, je risquais de gros ennuis, rien de comparable cependant avec ceux qui me pendaient au nez s'il venait à apprendre que je connaissais ses activités illicites. Bien décidé à solliciter l'intervention de la police pour y mettre fin, je n'étais cependant pas pressé de passer à l'action. Il me fallait tout d'abord définir le rôle de Larissa dans l'affaire. Si, comme je le pensais, elle était la complice de Segonza et de ses acolytes, depuis combien de temps exerçait-elle sa coupable besogne ?

Me revint en mémoire une partie de la conversation que j'avais eue avec Clothilde de Kéry. A la question : « Je suppose que votre beau-père possédait des valeurs, des titres, de l'argent ? », ne m'avait-elle pas répondu : « Ils s'en seront emparés » ?

Parlait-elle du promoteur et de son âme damnée, Manuel Serdriguez ? Après la mort de Marie Adec, les deux hommes avaient pu pénétrer à Penroc sans effraction, puisque Larissa en possédait les clefs !

Tout se tenait, tout s'enchaînait admirablement bien. Trop bien pour mon goût. L'amertume que j'en retirais disait assez combien il m'était dur d'imaginer Larissa dans son rôle d'égérie.

Muriel trottinait à côté de moi, tandis que, porteur de ses valises, je l'entraînai vers la sortie.

— Je me demande ce que tu as pu mettre là-dedans. C'est du plomb !

— Et il y en a deux autres qui doivent être arrivées hier soir. Je les avais fait enregistrer à l'avance...

— Toi et tes innombrables robes !

— Il faut ce qu'il faut ! décréta-t-elle. Ce n'est pas parce que nous allons nous enterrer dans ce trou que je dois me négliger.

— Il n'y a pas de danger ! répliquai-je avec une ironie dont je me blâmai aussitôt.

J'avais craint que Muriel ne prît ombrage de mon ton acerbe, mais elle n'y avait pas prêté attention, je le constatai avec soulagement. Il ne tenait qu'à moi que notre entente fût préservée. Sans cette relative harmonie, ce serait l'enfer à Penroc. Que je me fusse de moi-même enfermé dans un cercle étroit, que mon esprit se heurtât aux parois restrictives de mes pensées, tel un oiseau aux barreaux de sa cage, ne regardait pas Muriel. Elle devait ignorer tout ce qui me tourmentait. A ce prix, à ce prix seulement, la paix régnerait entre nous...

— Je te trouve bien songeur... remarqua-t-elle, tandis que je la précédais jusqu'à la voiture. — Oh ! tu as eu un accident ?

— Presque rien... Une aile cabossée. Je la ferai remplacer cette semaine.

Je laissai ma compagne s'installer et partis chercher

ses deux autres valises. Puis je la conviai à déjeuner en ville. Elle accepta avec enthousiasme. Heureux caractère que le sien ! Je n'étais pas loin de le lui envier.

A mesure que le temps passait, je me détendais. Au dessert, nous nous étions retrouvés, elle et moi, comme au bon vieux temps, lorsque notre liaison ne compliquait pas nos rapports, mais au contraire leur donnait un certain attrait.

— J'ai grossi, chéri. « Il » est visible, maintenant, n'est-ce pas ?

Je m'attendris :

— Comment te portes-tu ?

— Bien. Les trois premiers mois, on est — paraît-il — souvent très malade. Nausées, vomissements... Moi, j'ignore ce que c'est...

Elle souriait. Je lui en voulus de mettre à profit ses dons de comédienne pour se glisser si parfaitement dans la peau de son nouveau personnage. Future épouse... Future mère...

— Demain, dis-je, nous irons rendre visite au curé Bellou.

Elle s'inquiéta :

— Je n'ai jamais beaucoup pratiqué...

— Qu'importe !

— Tu crois que nous serons tenus d'aller à la messe tous les dimanches ?

— Et quand cela serait ? Les habitants de Monbourg n'ont pas tellement l'habitude de se distraire. Tes toilettes feront jaser.

— Je n'ai rien emporté de voyant, rectifia-t-elle. Je connais l'esprit de province. Nous n'avons pas intérêt à déchaîner les critiques...

Pendant qu'elle se lançait dans une fine observation des us et coutumes campagnards, je laissai de nouveau vagabonder mes pensées. Plutôt que de me procurer une barque, j'envisageais de louer un hors-bord. J'engageai donc Muriel à m'accompagner jusqu'au port de Saint-Cast. Elle applaudit à ce qu'elle prenait pour un caprice de plaisancier.

— Je ne te cache pas que j'avais très peur de m'ennuyer. Quelques promenades en mer feront couler le temps... Et puis nous recevrons, n'est-ce pas, mon gros minet ?

— Ne m'appelle pas ainsi ! grognai-je. C'est ridicule !

Elle éclata de rire, inconsciente de mon irritation. Le chat de Larissa venait de surgir devant mes yeux, ombre parmi les ombres de la nuit sur son roc mouillé d'écume, vigile dont personne ne se méfiait et qui m'avait pourtant renseigné sur la présence effective de la jeune femme à bord du bateau...

A Saint-Cast, je louai un dinghy avec un moteur de moins de 10 CV pour lequel il n'est point exigé de permis de conduire.

— Gardez-le quelques jours, demandai-je, car il me faut découvrir un endroit où l'amarrer.

— Prévoyez-le en fonction de la marée, sinon vous aurez des surprises...

De retour à Penroc, je n'eus aucun scrupule à laisser Muriel vaquer à son installation, tandis que je partais étudier la côte en vue d'un éventuel ponton d'embarquement. Presque à la sortie du domaine, je dénichai une plage minuscule dans une anse protégée des vents. Un sentier y conduisait. Dans l'herbe, je trouvai un foulard noir que des chardons retenaient. Le vent le gonflait comme une voile. Je le ramassai et le serrai contre moi, après en avoir humé le parfum, mélange subtil de santal et de fleurs.

— Larissa...

Grisé, je l'imaginai se dorant au soleil sur la plage ou plongeant dans la mer, naïade aux cheveux d'ébène parés d'algues vertes... Ah ! tenir de nouveau son corps blanc aux reflets de nacre entre mes mains, jouer avec elle dans le roulement des vagues et cueillir sur sa bouche un baiser au goût de sel ! L'écraser sous le poids de mon désir et percevoir ses soupirs dans le flux incessant des eaux transparentes ! Saisir de son âme la quintessence, écouter les battements désordonnés de son cœur, à la fois mourir et renaître par elle ! La gagner et la garder, enchaînée à mon destin comme une reine à son trône, comme un capitaine à son navire, comme un chien à son maître! Folie ! Folie, comme je te bénissais !

Lorsque j'évoquais la sveltesse de la jeune femme, la grâce de ses gestes, la douceur de sa peau, il me semblait perdre toute lucidité. J'accédais à un paradis interdit. Son souvenir avait sur moi la puissance d'une drogue hallucinogène. Non seulement je n'essayais pas de m'en défaire, mais je recherchais dans ses attitudes et dans ses paroles, dans ses silences comme dans ses regards, matière à marquer ma mémoire d'une empreinte indélébile.

Effrayé quelques heures plus tôt de la soupçonner d'indélicatesse, j'étais prêt à lui découvrir des circonstances atténuantes. En avait-elle ? Dans l'impossibilité où j'étais de me prononcer, je préférais douter de ce que j'avais vu. Sage résolution, si l'on songeait que je me fiais seulement au « témoignage » d'un animal !

Envisager les choses sous cet angle me fit beaucoup de bien. C'est dire que je revins à Penroc ragaillardi, plus décidé que jamais à aller de l'avant.

Je trouvai Muriel en grande effervescence. Justine sur ses talons, elle allait de chambre en chambre, inspectant les sommiers et les matelas, les essayant au besoin, furetant dans les armoires et s'étonnant d'y découvrir du linge de prix.

— Les Kéry ne manquaient pas de goût ! me dit-elle.

Qui, de Marie Adec, de Clothilde ou de Larissa, avait procédé à l'entretien de ces merveilles ? Draps aux entredeux de dentelle, serviettes brodées, services de table dignes d'un prince s'alignaient en ordre impeccable sur les étagères des belles armoires bretonnes qui fleuraient bon la cire. Entre les piles, les sachets de lavande n'avaient rien perdu de leur parfum.

— Est-ce que tu les savais aussi riches ? me demanda Muriel. Mon chéri, si nous voulions acquérir tout cela, il nous faudrait une fortune !

— Bah ! dans ce temps-là, ça ne devait pas coûter bien cher...

— Tu plaisantes ! Il ne s'agit pas de linge de grand-mère, mais de trousseaux réalisés dans les textiles les plus modernes et provenant des meilleures marques françaises, donc achetés tout récemment...

Cette découverte, en apparence sans importance, en avait pourtant beaucoup à mes yeux. Cela ne signifiait-il pas que les Kéry vivaient au-delà des moyens que l'on attribue généralement à de simples pêcheurs ? Que les fils de mon bienfaiteur ne fussent point devenus armateurs ne m'étonnait pas. D'une part, parce qu'ils n'en avaient pas eu le temps (la mort ne les avait-elle pas fauchés l'un après l'autre ?), et d'autre part, parce qu'ils avaient intérêt à ne point attirer sur eux l'attention de leurs collègues. D'aucuns auraient pu s'étonner de leur subite aisance...

Il n'était pas difficile d'en conclure qu'avant le décès de M. de Kéry, on vivait déjà très bien à Penroc... En n'arborant aucun signe extérieur de richesse, en conseillant à ses enfants de s'aligner sur son modeste train de vie, le vieillard avait fait preuve de circonspection. Personne à Monbourg ne se doutait du rôle que lui-même et sa famille tenaient au sein d'une certaine organisation... Les marchandises qui transitaient par leur propriété y étaient en parfaite sécurité. « Plus pour longtemps », pensai-je, bien décidé à organiser un grand coup de filet... Mais il fallait que la chose fût préparée de main de maître. Et tout d'abord, je devais aller faire un tour dans la grotte...

Un détail me chiffonnait. Pourquoi Clothilde de Kéry était-elle condamnée à habiter un taudis ? Avait-elle été chassée du « clan » ? Quelle faute avait-elle donc commise ? Ce ne pouvait qu'être grave, si j'en jugeais par la peur que j'avais vu naître dans ses yeux et qu'à ce moment-là, je ne m'expliquais pas. Il n'avait fallu qu'une nuit pour me mettre au fait, alors que j'aurais pu m'interroger en vain pendant des mois. Les circonstances m'avaient admirablement servi... Une idée fulgurante me traversa l'esprit. Larissa m'avait-elle apporté une tisane destinée à me maintenir éveillé, afin que je pusse surprendre le trafic auquel Penroc servait de plaque tournante ?

J'en ressentis une grande joie. Peut-être, discrètement, m'appelait-elle à son secours ? Comment lui faire comprendre que j'avais capté son message ?

L'occasion m'en fut donnée le lendemain matin.

Je n'avais pas quitté ma demeure, car je guettais la jeune femme. Je savais qu'elle tiendrait sa promesse et qu'elle m'apporterait de nouvelles infusions seules capables, prétendait-elle, de me guérir tout à fait. Bien décidé à suivre son traitement, je me moquais des objections que ne manquerait pas de m'adresser Muriel.

C'était la première fois que les deux femmes se trouveraient face à face. Cette perspective me glaçait les os. Je redoutais moins la surprise de Muriel que le chagrin de Larissa. Envers l'une et l'autre j'avais des devoirs dont je ne pourrais pas, hélas ! m'acquitter complètement. J'en étais malade de honte et d'angoisse.

Quelques mois plus tôt, si l'on m'avait prédit que j'aurais à faire face à un tel dilemme, j'en aurais ri aux éclats. Je mesurais à présent ma suffisance de mâle toujours vainqueur, insouciant et cynique.

J'avais été cet être prétentieux qui passe de femme en femme, moins par goût de l'aventure que par besoin d'aligner une proie de plus à son tableau de chasse. Et cette image-là ne m'enchantait guère.

Muriel et moi prenions notre petit déjeuner dans la grande salle, quand j'aperçus soudain Larissa sur le seuil. Nous ne l'avions pas entendue. Ses pas étaient aussi feutrés que ceux de son chat. Je m'étranglai et renversai le pot de confiture que ma compagne venait de me demander. Je ne sais pas ce que je bredouillai. J'avais seulement peur que Larissa s'en retournât comme elle était venue, sans un mot d'explication... C'est peut-être pour cela que je tendis une main vers elle. Fût-ce ce geste ou la supplication qu'elle pouvait lire dans mon regard qui l'arrêta ?

— Eh bien, présente-nous, Gautier !

C'était la voix de Muriel. Elle avait l'art de clarifier les situations les plus embrouillées.

— Oui, dis-je. Oui... Madame Larissa de Kéry... Ma... fiancée, Muriel Saintonge.

Je n'oublierai jamais le visage de celle que j'aimais en cette minute précise. Je crus qu'elle manquait d'air et qu'elle allait s'évanouir. Muriel qui n'avait rien remarqué, ou faisait semblant, se leva et alla au-devant de la visiteuse :

— Entrez donc... Vous prendrez bien une tasse de thé avec nous ?

— Non... Je...

— Allons, allons... Il fait frisquet ce matin et peut-être venez-vous de loin ? Je ne risque pas de dire des bêtises. Penroc est tellement éloigné de tout ! Mais... Kéry, Kéry... Seriez-vous une parente du bienfaiteur de mon fiancé ? — Et, sans attendre de réponse : — Tu ne m'avais pas parlé de Larissa, chéri... Vous permettez, n'est-ce pas, que je vous appelle par votre prénom ? Nous sommes presque du même âge et puisque nous nous reverrons...

Larissa me jeta un regard douloureux. Mon air tragique

lui fit-il prendre conscience de ma propre souffrance ? Je la vis se détendre et respirer à fond comme un nageur entre deux crawls.

Avec empressement, je lui offris ma chaise. J'allai ensuite en chercher une autre près de la grande table de bois ciré où Muriel avait décidé que nous ne nous installerions jamais, car elle était beaucoup trop solennelle pour des amoureux. Autour du guéridon voilé d'une jolie nappe fleurie, nous étions maintenant réunis, elle et nous... Larissa baissait les yeux. Sa pâleur me torturait. Je m'émerveillais, cependant, qu'elle fût restée. Devais-je y voir le signe de son pardon ? Pas un instant je ne lui attribuai des pensées de vengeance. Elle ne nous imposait pas sa présence pour employer quelques-uns de ces procédés féminins, grâce auxquels elle aurait pu blesser Muriel en la renseignant à mi-voix sur notre liaison. Je la savais au-dessus de cela.

Quant à ma fiancée, elle se montrait fair-play. Pas une ombre de perfidie ne perçait dans ses paroles. Son regard cherchait et retenait celui de Larissa. A ma grande surprise, je découvris entre ces deux femmes, nées pour être rivales, une entente tacite que l'éducation et la courtoisie n'expliquaient pas. Quand Mme de Kéry, presque à contrecœur, se décida à partir, Muriel lui fit promettre de revenir :

— J'ai besoin d'une amie sincère. Voulez-vous être cette amie ?

— Vous ne savez rien de moi...

— Ce que je vois me suffit.

Larissa baissa la tête, comme accablée sous le poids de cette subite inclination contre laquelle elle se défendait mal, habituée qu'elle était à se prémunir contre l'animosité et la méfiance de ses concitoyens.

— Gautier ferait tout de même bien de vous renseigner, finit-elle par dire d'une voix rauque. Il est probable que vous changerez d'avis... Je ne vous en voudrai pas.

Si Muriel fut étonnée, elle n'en laissa rien paraître. Avisant les fioles de verre enfermées dans un sac de nylon que la visiteuse laissait sur le buffet, elle interrogea :

— Qu'est-ce ?

Larissa rougit :

— J'avais promis à Gautier de le soigner... Je connais les plantes qui guérissent...

— Mais c'est merveilleux !

De voir que Muriel croyait à ces remèdes de bonne femme me stupéfia. Décidément, je la connaissais bien peu !

Elle enchaîna :

— Partez tranquille, je me charge de les lui faire avaler.

Et, avant que Larissa n'eût franchi la porte du salon :

— J'attends un enfant... Peut-être un jour aurai-je, moi aussi, besoin de votre médecine. M'aiderez-vous ?

Un grand combat sembla se livrer dans le cœur et l'esprit de Mme de Kéry, comme si deux forces contraires, dressées l'une contre l'autre, l'eussent déchirée. Le temps s'éternisait. Enfin la jeune femme parut capituler :

— Oui, dit-elle en un souffle. Bien sûr. Je n'ai jamais refusé de soulager mon prochain.

Chapitre VIII

Les événements qui suivirent se déroulèrent dans une étrange atmosphère. J'avais l'impression de me mouvoir dans un univers inconnu, semblable à celui où nous nous hasardons par le truchement d'un rêve. Infatigable, Muriel dérangeait mes habitudes, m'arrachait à mes pensées, m'empêchait d'agir comme je le souhaitais.

Amarré dans la petite crique, le hors-bord que j'avais loué n'avait encore servi à rien. Il y avait toujours quelque chose à faire, une obligation à respecter, une invitation imprévue...

En quelques jours, ma future épouse avait conquis les cœurs. Le maire et sa femme, et toute la famille Leguérec, ne tarissaient pas d'éloges à son sujet. Le curé Bellou n'était pas le moins enthousiaste.

— Vous avez bien choisi, me disait-il. Puissiez-vous être heureux...

A ce moment-là, son regard perçant semblait voir jusqu'au fond de mon âme.

Devinait-il qu'un amour impossible me corrodait et que cet amour-là m'était inspiré par Mme de Kéry ?

Muriel était au courant des soupçons qui pesaient sur Larissa. Elle savait que le commissaire, loin de clore l'affaire, laissait simplement couler le temps pour mieux la décanter. Curieusement, elle s'en tenait à sa première impression et prenait volontiers fait et cause pour la jeune femme.

— Un jour, son innocence sera publiquement reconnue ! m'affirma-t-elle. — Et, devant mon scepticisme : — Gautier, voyons ! Aurais-tu perdu tout sens d'équité ?

— Je partage ton opinion, mais cela n'efface pas, hélas ! les charges qui pèsent contre elle... répliquai-je.

La loyauté de Muriel faisait mon admiration. Pourquoi ne pouvais-je l'aimer de cette manière aveugle et un peu folle ? Quand je la prenais dans mes bras, pourquoi était-ce un autre corps que j'aurais voulu serrer tout contre moi ? Nos nuits d'amour ne supplantaient pas le souvenir d'une brève étreinte... Le péché a-t-il donc tant d'attrait et la dissimulation tant de poids ?

Malgré sa promesse, Larissa ne revint pas à Penroc et, tout en en mourant d'envie, je m'abstins de me rendre chez elle. Lâcheté, peut-être...

Huit jours plus tard, Muriel estima démodée la discrétion de la jeune femme.

— Je vais aller la chercher, me dit-elle, sinon elle ne fera jamais les premiers pas...

Sans doute se montra-t-elle persuasive, car, le soir même, Larissa s'asseyait à notre table.

Je vous laisse imaginer ce que fut ce dîner. Muriel parfaitement détendue, et inconsciente des efforts que je devais faire pour paraître un hôte convenable, comblait les silences gênés de son invitée, sous l'œil réprobateur et inquiet de Justine.

Si on lui avait dit qu'un jour elle servirait « la sorcière », elle aurait probablement préféré ne pas entrer à mon service !

Alors commença la période de ma vie la plus complexe et la plus déroutante. En quelques jours, Muriel, capable de toquade, ne jura plus que par Larissa. Les deux jeunes femmes sortaient maintenant beaucoup ensemble, du moins quand il s'agissait de faire des achats. J'étais soulagé de savoir que les quelques magasins de Monbourg ne recevaient pas leur visite. Muriel les prétendait mal approvisionnés, ce qui était probablement vrai. Elles allaient souvent jusqu'à Dinard et ne rentraient qu'au crépuscule. Peut-être ma future femme se souciait-elle tout de même des « qu'en-dira-t-on » ? En public, elle n'osait encore prendre parti pour sa nouvelle amie. A Mme Leguérec qui s'était lancée dans un long réquisitoire contre Larissa, elle répondit simplement : « Ne jugez pas si vous ne voulez pas être jugée ! », ce qui fit, je vous prie de le croire, son petit effet !

— Ne me dites pas, Mademoiselle, que vous prenez fait et cause pour cette femme ?

Muriel ne put s'empêcher de rougir, moins de confusion que de colère. Elle me jeta un regard qui quémandait du secours. J'intervins d'un ton léger, car c'était de cette manière que je dissimulais le mieux mes véritables sentiments.

— Nous ne savons pas grand-chose des Kéry et de la vie qu'ils menaient. Comment pourrions-nous affirmer la culpabilité de Larissa ? Même le commissaire s'est jusqu'ici abstenu de toutes poursuites.

— Il en faudrait peu pour relancer l'affaire, grogna Sandrine. Je suis intimement persuadée que Mme de Kéry commettra un jour ou l'autre la faute qui la perdra irrémédiablement. Qui veut parier avec moi ?

Nous étions huit dans le salon des Leguérec, lorsque leur fille émit cette prédiction à la manière d'un défi. Le curé Bellou s'en arrêta de boire son thé arrosé de rhum :

— J'espère, ma chère enfant, que vous êtes mauvais juge... Il me déplaît de vous voir jeter ainsi l'anathème sur notre paroissienne.

— Il y a belle lurette qu'elle ne va plus à la messe !

— Ce qui ne l'empêche certainement pas de prier. Voyez-vous, on ne trouve pas Dieu seulement dans nos églises...

J'aurais embrassé le brave prêtre. « Lui seul, pensai-je, lui seul a du bon sens. »

La femme du maire s'éventa à l'aide de son mouchoir de dentelle :

— J'avoue que tout ce qui touche à Mme de Kéry me donne la chair de poule... Si nous parlions de vous, mes chers enfants. Je crois que la date de votre mariage est fixée ?

— Oui, dit Muriel. Samedi en huit... Nous organiserons un petit lunch après la cérémonie et, naturellement, nous comptons sur vous tous...

Ce furent des exclamations de contentement. Rien ne pouvait faire plus plaisir aux notables de Monbourg que de pénétrer enfin à Penroc. Je compris qu'ils en avaient été tenus à l'écart pendant de longues années. Les Kéry ne recevaient personne. Leurs deuils successifs expliquaient l'isolement dans lequel ils vivaient. Moi seul savais que cet isolement avait une autre cause. Je pris la résolution d'aller visiter la grotte le lendemain matin.

Un événement allait cependant considérablement changer mes plans.

A notre retour à Penroc, j'eus la désagréable surprise de trouver Serdriguez au salon. Malgré l'opposition de Justine, il s'y était installé sans vergogne.

— Eh bien ! dit-il en me voyant. Je suis venu chercher votre réponse.

— Elle n'a point changé, dis-je. C'est non...

Il palabra pendant un bon moment. Je lui opposai plus de fermeté encore que lors de ses précédentes visites... Bien que Muriel ne m'approuvât pas, elle me soutint énergiquement. La moutarde, d'ailleurs, commençait à lui monter au nez. Elle s'exclama :

— Enfin ! Est-ce que la langue française aurait perdu son sens ? « Non » a-t-il jamais voulu dire « peut-être »... ?

— Je ne vous conseille pas de vous mêler de ça, chère Mademoiselle, répliqua Serdriguez avec la volonté de nous impressionner.

— Des menaces à présent ? lançai-je en faisant un pas en avant. Sortez, Monsieur !

— Mais...

— Je crois que nous nous sommes tout dit !

— C'est ce qui vous trompe !

Mais ma fureur était telle qu'il crut tout de même plus sage de se retirer, non sans me provoquer une dernière fois :

— Jamais pot de terre n'a cassé pot de fer !

— Il y a un défaut dans la cuirasse de votre cher ami Segonza, repris-je, plus calme à mesure qu'il s'énervait. Et ce défaut, je le connais !

— Ce qui veut dire ?

Je ne répondis pas à sa question et refermai sur lui la porte de Penroc. Elle claqua avec un bruit sourd, un peu comme la dalle qui scelle un tombeau. Cela m'impressionna désagréablement, et cette sensation ne s'atténua pas dans les heures qui suivirent.

— Ouf ! s'exclama Muriel. J'ai bien cru que nous ne le délogerions pas ! — Puis, s'adressant à Justine : — Mme de Kéry est-elle venue pendant notre absence ?

— Non, et j'en suis bien aise !

Muriel me regarda d'un air désolé. Justine était de celles qui ne désarmeraient jamais. Nous nous abstînmes cependant de la sermonner. A quoi bon ? Je ne me souciais pas, du reste, de chercher une remplaçante à la jeune fille qui, sur le plan de l'honnêteté et du dévouement, ne nous donnait que des satisfactions.

L'heure du dîner arriva. Maussade, Justine mit trois couverts comme ma fiancée lui en avait donné l'ordre.

— J'ignorais que Larissa viendrait dîner ce soir... remarquai-je.

— Je l'ai invitée avant-hier. Elle devrait déjà être là... Le cartel venait en effet de sonner la demie de sept heures... Vingt-cinq minutes s'écoulèrent encore...

Muriel abandonna le petit chausson qu'elle tricotait, en suivant les conseils d'une revue féminine, car ce genre de travaux lui était inconnu.

— Je suis inquiète... Tu devrais aller voir, Gautier.

Avec empressement, je m'extirpai du fauteuil où, sous le couvert de diverses lectures, je ressassais mes tourments.

— N'oublie pas de te munir d'une lampe. La nuit est tombée !

C'était vrai. Les premières étoiles cloutaient les cieux. Il y avait une menace d'orage dans l'air. J'en jugeai ainsi dans le chemin qui conduisait à la demeure de Larissa, car mouches et moustiques m'agressaient. Je les chassai d'un revers de main.

— Sales bêtes !

L'une d'entre elles me piqua. Cela ne fit qu'accentuer ma hargne contre le monde en général et contre moi-même en particulier. Je me demandais si je pourrais tenir longtemps encore, si j'aurais le courage de me présenter devant Monsieur le Maire et de jurer devant Dieu protection et fidélité à Muriel, alors que tout mon être appelait Larissa.

Cette dernière souffrait aussi, j'en étais persuadé, bien qu'elle parût me condamner à l'indifférence, me rejeter de sa vie, me bannir de son cœur.

Je ne comprenais pas pourquoi elle se laissait subjuguer par Muriel, pourquoi elle acceptait sa compagnie. Ne m'avait-elle pas fui, moi, quand j'aurais pu l'aimer et lui murmurer tout ce qu'il m'était maintenant interdit de lui dire ? Avions-nous raté l'occasion d'être heureux ?

Quel malin génie, après m'avoir fait entrevoir le paradis, s'obstinait à m'abandonner devant les portes de l'enfer ?

Je dépassai la petite crique où j'avais amarré mon bateau. Dissimulé dans les hautes herbes, il ne pouvait attirer l'attention. Près du cromlech, une chauve-souris me frôla de ses ailes membraneuses. Une fois de plus je fus frappé de voir combien les abords du pavillon étaient sinistres.

Autour de la jeune femme, la nature semblait créer une sorte de no man's land, à moins que ce ne fussent des pièges imaginaires... Des accidents de terrain jalonnaient le parcours. Il y avait aussi une mare aux abords visqueux. A l'aide d'un long bâton, je m'étais une fois amusé à en définir la profondeur. Comme j'avais pu le constater, il ne s'agissait point de quelques centimètres d'eau vaseuse. Larissa prétendait même que des sables mouvants en tapissaient le fond. Et depuis, en longeant cet endroit, je redoublais d'attention.

La lampe grâce à laquelle je progressais rapidement m'enfermait dans un cercle. Devant moi la nuit s'écartait pour mieux ramper à mes trousses... Le cri d'une chouette me fit tressaillir comme j'arrivais en vue du pavillon. Et de nouveau je fus frappé du changement qu'opérait la nature à proximité de la maisonnette. Le vent communiquait aux arbres un long frisson. Sur la petite balustrade s'appuyait le vieux chêne tordu. Au-delà, c'était le jardinet fleuri et le puits dont je distinguais d'autant mieux la masse sombre que la fenêtre principale aux volets ouverts était éclairée. Au même instant me parvinrent des éclats de voix, puis je vis passer Larissa dans l'embrasure. Elle semblait reculer devant la haute silhouette d'un inconnu qui ne le demeura pas longtemps à mes yeux. Ce cou de taureau, ce torse puissant, ces grosses mains qu'il tenait dressées comme des armes me l'auraient fait reconnaître entre mille. Que diable Fernand venait-il faire chez Larissa ?

— Malheur à toi si jamais tu lui dis quelque chose, tu entends ? Malheur à toi !

— Est-ce Segonza qui vous a chargé de m'avertir ?

Très droite dans la demi-lumière, d'autant plus fière qu'elle tentait de dominer son interlocuteur, la jeune femme s'efforçait de cacher la peur qu'il lui inspirait.

— Non, dit-il. Je suis venu tout seul. Comme un grand...

Il eut un rire cynique, tandis qu'il détaillait avec concupiscence le peignoir entrouvert, la gorge blanche de celle que j'aimais. Prenant conscience de ce regard, Larissa rajusta le léger tissu contre son corps.

— Ne dissimule pas tes charmes, ma colombe... Depuis le temps que tu vis comme une nonne, tu dois avoir oublié ce que c'est que l'amour...

Il fit un pas en avant et la jeune femme recula de nouveau. Quand elle sentit contre ses omoplates le bois dur du buffet, je vis sur ses traits naître la panique. Au même instant, l'homme s'abattit sur elle comme un épervier sur sa proie. Déjà sa bouche rouge et veule souillait le cou et le visage de ma bien-aimée. Elle se débattait avec le courage et l'adresse d'un félin. Mais Fernand précisait ses menaces. Pas pour longtemps. La porte que je venais de pousser avec violence arracha le colosse à ses idées bestiales. Il me fit face, hurlant des obscénités, mais il tenait toujours Larissa par le bras et hésitait encore à la lâcher.

— Bas les pattes ! dis-je. Et dehors !

Je lui fis voir la sortie, tout en sachant bien qu'il n'obtempérerait pas à mon commandement.

— Tu es inconscient ou quoi ? me dit-il. Compare un peu ma stature à la tienne. Tu ne réussiras pas à me pincer l'oreille que je t'aurai aplati comme une galette ! Tu l'entends, dis, ma colombe ? Monsieur veut jouer les malins !

Et sans plus s'occuper de moi, il entreprit d'embrasser avec fougue celle qui lui inspirait un désir d'autant plus violent qu'il était inassouvi.

Je fonçai tête première dans ce tas de chair et de muscles avec un cri de Sioux et réussis à le déséquilibrer. Mais avant qu'il eût glissé à terre, je reçus un crochet au menton, puis un autre, et encore un autre... Je rendais les coups sans avoir l'impression qu'ils atteignaient leur but. Nous avions tout renversé autour de nous... La table, les chaises, le joli vase de roses sur la commode, le lampadaire... Nous nous battions à même le sol jonché de débris de verre et d'eau d'où émergeait ce qui restait des fleurs.

Je ne sentais plus ma mâchoire. Le sang dégoulinait de mon arcade sourcilière gauche. Un violent uppercut à l'estomac me coupa le souffle. Je n'y voyais plus et mes forces déclinaient.

— Lâchez-le !

Le poing en l'air, prêt à m'assommer pour le compte, la brute tourna la tête et sursauta. Larissa, un fusil de chasse en main, le tenait en joue. Il y avait une telle détermination sur son visage que l'homme se releva.

— Hé là ! s'exclama-t-il. Tout doux ! Tout doux ! Tu n'aurais pas le cran de faire ça ?

Pour toute réponse, elle pressa la détente. Une volée de chevrotine, à bout portant, vint lui cribler l'épaule.

Hébété, le grand Fernand la regardait sans en croire ses yeux. La douleur lui arracha des mots orduriers. Machinalement, il porta la main à sa blessure. Le sang coulait à flots, il le constata avec une rage contenue.

— Je me vengerai ! menaça-t-il en reculant vers la porte. Oui, je me vengerai !

En attendant il la franchit sans demander son reste. La jeune femme s'empressa de la fermer à double tour et de clore les volets. Alors seulement, elle s'occupa de moi, mais avec une telle sollicitude et de si tendres mots que j'en fus bouleversé. Il était donc bien vrai qu'elle m'avait pardonné ?

— Je vous aime, Larissa... lançai-je d'une voix fiévreuse. Personne n'y pourra rien changer !

Elle s'empressait de désinfecter mes blessures avec des gestes précis et doux. Jamais elle ne m'avait paru plus belle. Ses grands yeux cernés par la peur lui donnaient un air lascif. Je me retins de l'embrasser, avec l'obscure impression qu'elle souhaitait oublier ce qui, un certain matin, nous avait rapprochés...

L'alcool sur mes blessures mettait mes nerfs à vif. Je fis la grimace. Elle ne me plaignit pas, mais appliqua habilement les pansements de Tricostéril.

— Maintenant, dit-elle, rentrez chez vous, Gautier. La pommade que je vous ai mise empêchera les coups de marquer. Que direz-vous à Muriel ?

— La vérité.

Elle approuva sans me regarder, tout en rangeant sa boîte à pharmacie dans le bahut. Probablement avait-elle hâte de me voir partir, mais sur mes lèvres se pressaient des questions pour lesquelles je voulais une réponse.

— Bien involontairement, j'ai surpris quelques bribes

de la conversation que vous entreteniez avec le palefrenier de M. Segonza avant qu'il ne vous agresse... Je n'en ai pas été étonné...

Si mes propos la firent tressaillir, elle ne me répondit pas. J'insistai :

— Comment expliquer que vous vous soyez acoquinée avec cette sorte de gens ? Je ne peux croire cela de vous !

— Eh bien ! ne le croyez pas !

— Hélas ! — Et, plus acerbe à mesure qu'elle devenait impassible : — Je sais tout, Larissa ! Tout, entendez-vous ?

Elle releva une chaise et s'assit devant moi. Ses mains ne s'étaient pas jointes en une vague prière, mais demeuraient immobiles sur la table.

— Tout quoi, Gautier ?

— La grotte, le bateau, la drogue ! Penroc est un repaire de brigands ! Il n'est pas difficile de comprendre pourquoi Segonza a tellement insisté pour l'avoir ! Vous aurait-il eue, vous aussi, Larissa ? Serait-il possible que...

Mes paroles dépassaient ma pensée, mais je ne le regrettais pas. Je voulais la forcer à se défendre. Elle devait avoir des circonstances atténuantes. Sans doute l'avait-on enrôlée de force !

— Expliquez-vous ! criai-je. Je ne demande qu'à comprendre !

Elle battit des cils comme si elle retenait ses larmes. Sa détresse m'émouvait à un point que je ne saurais exprimer.

— Etes-vous venu ici pour me juger ?

Sa voix était froide, impersonnelle. En quelques instants la jeune femme avait revêtu une armure impénétrable. Je commençais à désespérer de ne pouvoir abattre ses défenses :

— Votre chat était sur les rochers la nuit où j'ai surpris le trafic. Et vous, sur le bateau ! criai-je.

Elle tressaillit :

— Mais, votre tisane... ?

Avant de lui faire le récit des événements, j'enchaînai :

— Allons, avouez que vous m'aviez donné une simple verveine... Une façon de m'appeler au secours. Vous souhaitiez que je sache ? Eh bien, je sais. Et je vous sortirai de là, Larissa, soyez-en sûre !

Elle protesta, mais je ne voulus rien entendre, persuadé qu'un dernier sursaut d'orgueil l'empêchait de s'en remettre à moi. Je ne savais pas encore que Justine, désireuse de me protéger à tout prix des entreprises de « la sorcière », s'était décidée à remplacer le contenu des flacons qu'elle apportait par de simples infusions ! Je devais la surprendre quelques jours plus tard... J'enchaînai :

— Je vous arracherai à Segonza et au chantage qu'il exerce sur vous, car il s'agit bien d'un chantage, n'est-ce pas ? Votre mari et ses frères étaient déjà dans l'affaire. Quand le dernier des Kéry fut mort, on vous obligea à veiller sur le trafic. Votre réputation éloignait d'ailleurs les curieux de Penroc et tout aurait continué ainsi pendant longtemps, s'il n'y avait eu cette histoire de testament et mon arrivée en ces lieux...

Tout en parlant, je m'étais mis à marcher de long en large dans la pièce. Quelquefois, Larissa esquissait un geste pour m'interrompre, mais j'étais tellement sûr que les choses s'étaient passées de cette manière que je l'empêchai d'intervenir.

— Maintenant, tu dois être de mon côté, précisai-je en m'arrêtant devant elle et en lui saisissant les mains. Tu connais certainement les dates de départ et d'arrivée de la marchandise en question... Tu n'auras qu'à me les confier. Je les transmettrai au commissaire Vallon !

— Mon pire ennemi ! s'exclama-t-elle. Vous n'y pensez pas !

Elle s'était dressée toute droite devant moi, plus effrayée qu'elle ne l'avait été par les intentions malsaines de Fernand.

— C'est au contraire le moment ou jamais de lui prouver ta bonne foi, chérie, dis-je.

— Il ne retiendra de mes aveux qu'une charge de plus contre moi !

— Pas si je pose mes conditions avant...

L'incrédulité que je lisais sur son visage finissait par me donner des doutes quant à mon raisonnement par trop simpliste. Tout ne serait peut-être pas aussi facile...

— S'ils venaient à apprendre, ils te tueraient !

C'était la première fois qu'à son tour elle me tutoyait. Il me sembla que notre intimité en était renforcée. Cela ne fit qu'accroître ma griserie. Ce soir-là, j'aurais été capable de soulever des montagnes, parce qu'enfin, Larissa et moi avions quelque chose en commun : un secret...

— J'ai loué un bateau... J'ai bien l'intention d'aller visiter la grotte... Viendras-tu avec moi ?

Je vis de nouveau la panique monter en elle comme un raz de marée, puis elle me supplia de n'en rien faire...

— Comment ! dis-je avec indignation. N'as-tu pas hâte de te débarrasser de tes persécuteurs ?

— Jamais ! affirma-t-elle. Jamais je n'y arriverai !

Altérée était sa voix et sa conviction inébranlable. Le silence s'installa entre nous. Les sourcils contractés, je la contemplais comme si je ne l'avais jamais vue. Que me cachait-elle ? Qu'essayait-elle de me dire ?

Elle vint à moi et posa sa main sur mon bras :

— Je sais que vos actions et vos projets vous sont inspirés par l'amitié que vous me portez, mais si j'ai un tant soit peu de pouvoir sur vous, Gautier, si votre volonté est capable de s'effacer devant la mienne et votre soif de justice devant l'urgente nécessité de maintenir en place ce qui est, alors, vous ne tenterez rien d'irréparable...

— C'est impossible ! Je ne t'abandonnerai pas aux mains de ces bandits, je ne te laisserai pas lutter seule contre la convoitise d'un individu qui te désire et qui reviendra à la charge tôt ou tard !

Elle haussa les épaules :

— Fernand n'est pas le plus dangereux...

En soutenant le mien, son regard ne cillait pas. J'éprouvai une sorte de vertige. Etait-elle en train de m'avouer que Segonza et elle... ?

— Ce n'est pas vrai ! m'exclamai-je avec un sanglot. Tu ne peux avoir appartenu à ce malotru, à ce voleur, à cet escroc ! Toi !

Après l'avoir juchée sur un piédestal, allais-je devoir la ravaler au rang du vulgaire ?

— Comme tu souffres ! s'exclama-t-elle. Mon pauvre amour !

Je sentis ses lèvres fraîches sur les miennes et mon étourdissement s'accentua.

— Larissa ! balbutiai-je. Dis-moi que tu es différente de l'idée que les gens se forgent de toi ? Rassure-moi ! Aide-moi !

Mais plus je la suppliais et plus elle devenait lointaine,

inaccessible... Telles ces déesses que l'on place sur un autel et qui, énigmatiques, ne répondent pas à vos prières, elle devenait de glace entre mes bras.

— A quoi bon ? Puisque jamais nous ne serons heureux ensemble... Mais je te le jure, murmura-t-elle soudain avec fièvre, je ne le serai pas non plus sans toi !

Je la croyais. Je croyais tout ce qu'elle me disait. Les contradictions de son caractère me faisaient l'effet d'une douche écossaise. A essayer de la comprendre, je perdais mon temps et ma vie. L'inutilité du combat que je menais m'apparut en un éclair et je fus las, soudain, à moins que ma fatigue ne vînt des coups que j'avais reçus.

— Tu ne peux rester ici, décidai-je soudain. Il y a assez de chambres disponibles à Penroc pour que tu acceptes de t'y réfugier aussi longtemps que tu le désireras... Prends quelques affaires de nuit et suis-moi...

A ma grande surprise, elle ne protesta pas. Très vite, elle eut rempli une mallette. Je l'entendais marcher dans la chambre contiguë.

— Je suis prête.

Elle avait troqué son peignoir contre une robe de velours marron, et relevé ses cheveux en un chignon sans grâce. Je l'aidai à mettre son éternelle cape noire.

— Allons, dit-elle.

Aussitôt, Diamant dont nous n'avions pas pressenti la présence vint se frotter contre elle.

Elle le prit sous le bras d'un geste gracieux, puis se tournant vers moi :

— Je ne saurais me passer de lui...

Elle ne quémandait point mon indulgence ni ma compréhension. Je répliquai, boudeur :

— Tu l'aimes plus que moi.

Dédaignant de répondre, elle me pria de sortir, me suivit et referma ensuite la porte à clef derrière elle.

A présent nous déambulions dans l'étroit sentier qui longe le petit bois avant d'atteindre la lande. Silencieux, absorbés par nos pensées respectives, nous n'étions pas sûrs d'avoir les mêmes préoccupations.

Pour l'heure, une seule chose comptait à mes yeux : je ramenais Larissa à Penroc. J'allais l'obliger à réintégrer cette maison qu'elle n'aurait jamais dû quitter. Je la verrais enfin vaquer en cette demeure comme elle le faisait du temps de Kelvin. Qu'attendais-je de cette rencontre entre le passé et le présent ? Pourrais-je en tirer profit ? Démêlerais-je les circonstances qui avaient amené la jeune femme à devenir une solitaire et une réprouvée ? Me dirait-elle de quoi son mari était mort et pourquoi Clothilde de Kéry la haïssait ?

Nous trouvâmes Muriel dans un état d'angoisse extrême. Quand elle me vit le visage couvert de pansements, elle étouffa un cri. Très vite, nous lui expliquâmes les circonstances du drame. Je lui dis que le grand Fernand ne pourrait probablement plus se servir de son bras ; elle pâlit, puis se jeta au cou de Larissa :

— Sans votre présence d'esprit, qui sait ce qui serait advenu de Gautier ! Oh, merci ! Je n'en attendais pas moins de vous !

En même temps, prenant conscience du danger que sa nouvelle amie avait couru, elle en arriva à poser la question inévitable :

— Mais qui est le grand Fernand ? Serait-il capable de revenir à la charge ?

— Sans aucun doute. Dans l'unique but de se venger..., dis-je évasivement, après avoir résumé les faits.

— Dans ce cas, tu as bien fait de ramener Larissa à Penroc, mon chéri, conclut-elle en attirant la jeune femme dans le corridor. Venez choisir votre chambre...

Je les suivis au premier étage, curieux d'observer sur le visage de notre invitée la gamme de ses émotions. Muriel s'acquittait de sa tâche de maîtresse de maison avec un puéril orgueil. Elle ouvrit la porte de deux chambres communicantes :

— Elles sont occupées par Gautier et par moi-même... Mais la plupart du temps, une seule sert réellement, précisa-t-elle avec un clin d'œil complice à Larissa...

Je vis cette dernière s'écarter. Elle avait en tête une autre image : celle de nos deux corps enlacés... Y avait-il si longtemps ?

— Justine loge tout au bout du couloir... Il reste deux chambres. Laquelle préférez-vous ?

— Qu'importe ! Je ne vous importunerai pas plus de deux ou trois jours...

— Vous plaisantez ! protestai-je. Vous êtes ici chez vous... Je n'oublie pas que, dans la logique des choses, vous auriez dû hériter de cette maison.

— Je n'aurais pu y vivre en compagnie de Clothilde... Alors, tout est bien...

— Oui, tout est bien... renchérit Muriel avec un large sourire. Ici, vous n'avez rien à craindre. Que nul cauchemar ne vienne troubler votre sommeil...

Elles s'embrassèrent. Je me contentai de m'incliner devant Mme de Kéry avec une rigidité austère.

Comme nous allions pénétrer dans nos appartements, Larissa m'arrêta d'un geste :

— N'oubliez pas de prendre votre tisane, Gautier... Il n'est point utile que vous entendiez gronder la mer... Cette nuit, elle sera terrible.

Chapitre IX

La tempête se déchaîna vers trois heures du matin et, pendant plusieurs jours, il fut pratiquement impossible de sortir de Penroc. Jamais la fureur des vents n'avait atteint cette intensité et la pluie cette violence. C'étaient des coups de boutoir que la maison recevait et nous n'étions pas loin d'imaginer que le toit finirait par s'envoler. Je montai plus d'une fois dans les greniers, guettant avec anxiété le moindre signe de faiblesse de la charpente. Par la brèche qu'avaient ouverte quelques tuiles arrachées, des trombes d'eau s'engouffraient. Justine et moi avions disposé des seaux que nous vidions toutes les demi-heures. Au salon, Muriel et Larissa s'adonnaient à quelques travaux de layette. Plus habile que la première, la seconde lui donnait volontiers des conseils, parcc que, trop souvent sollicitée, elle ne pouvait se dérober. Mais je savais que ses pensées étaient ailleurs et qu'elle écoutait le cartel hacher le temps avec la sensation de glisser doucement vers le néant.

Souvent, Larissa lâchait son ouvrage et venait s'installer vers la fenêtre. Le front contre la vitre où ruisselait la pluie, elle semblait prisonnière de l'affection que lui portait Muriel. Cette dernière que les éléments épouvantaient s'accrochait à elle comme à une bouée de sauvetage. Libre d'agir à sa guise, Larissa serait sortie, aurait brisé ses nerfs dans une longue marche forcée à travers la lande, quitte à revenir trempée jusqu'aux os, saoulée de vent, étourdie de fatigue... Mais à peine s'approchait-elle de la porte que Muriel, gémissante, s'interposait :

— Ne me laissez pas seule !

Il y avait une telle crainte dans ses yeux de poupée, un tel air affolé sur son visage, que Larissa renonçait à ses projets.

Le quatrième jour, pourtant, personne ne put la retenir :

— Avant de partir, j'ai enfermé Biquette dans l'appentis. Il ne doit plus lui rester grand-chose à manger... Nos compagnons à quatre pattes ont bien du malheur d'avoir à dépendre de notre bon plaisir...

Elle enfila sa cape et nous lança un regard de défi. Muriel lui tendit son tom-pouce. Elle l'écarta avec dédain :

— En moins de temps qu'il n'en faut pour le dire, le vent me l'arracherait. Merci, mais cela suffira.

Elle venait d'ajuster son capuchon. On ne voyait plus dans son visage que ses yeux immenses que la désolation ne quittait pas.

— Je vais avec vous, dis-je soudain...

Elle m'arrêta d'un geste :

— N'en faites rien, Gautier. Je préfère être seule... Pardonnez-moi...

Sans plus s'occuper de nous, elle ouvrit la porte et s'élança dans la bourrasque.

— Est-ce que, pour aller chez elle, elle ne doit pas par moments longer la falaise ?

— Si...

— Mon Dieu ! Pourvu qu'elle ne glisse pas !

L'anxiété de Muriel n'était pas feinte. Pour cacher la mienne, je la rabrouai quelque peu. Elle s'en étonna :

— Aurais-tu quelque chose à reprocher à Mme de Kéry ? Pourquoi n'es-tu pas plus gentil avec elle ? Tu me fais de la peine, Gautier !

Je m'attendais à tout sauf à une remontrance de cette sorte. Avec un grognement, je répliquai :

— Nous n'avons plus d'intimité...

— Oh ! mais chéri, ce n'est que provisoire ! Oublies-tu que dans cinq jours, nous serons unis pour la vie ?

— Non, dis-je. Non, je n'oublie rien...

Sans doute quittai-je un peu trop rapidement le salon

pour aller me réfugier dans la cave où j'avais entrepris d'inventorier les grands crus qui s'alignaient sur des étagères étiquetées. C'était une nouvelle richesse que j'avais découverte là, mais elle me laissait un peu amer. Malade comme je l'étais, je n'aurais probablement jamais la permission d'y goûter !

Dans le chai étaient emmagasinées autant de saleté que de bonnes bouteilles. Fagots et charbon côtoyaient un amoncellement de choses hétéroclites : une vieille table aux pieds cassés, une chaise dépaillée, des cageots vides, quelques paires de chaussures trouées et de vieux filets de pêche. Jusque-là, j'avais renoncé à les extirper de ces lieux, car je n'avais guère le courage de les mener jusqu'à une décharge publique. Je croyais plus urgent de déménager les bouteilles, avant de voir les rayonnages s'effondrer. Il faisait en effet très humide dans la cave ; le bois était aux trois quarts vermoulu.

« Si je ne m'en occupe pas dès à présent, un de ces jours tout s'effondrera et adieu les Mouton, Lafite et autres délices ! »

Pour m'aider, je fus tenté de faire appel à Justine, mais j'y renonçai.

« Bah ! pensai-je, prenons notre temps... »

Ce fut ainsi que je passai cette fin d'après-midi dans la cave. Voûtée, cette dernière s'étendait sous toute la surface de la maison. Elle était profonde et ne bénéficiait d'aucune ouverture. De ce fait, l'air y était malsain. Au bout d'un moment, je me sentis oppressé et d'autant plus fatigué que je n'avais pas l'habitude de ce genre de travaux. Eprouvant le besoin de fumer une cigarette, je m'appuyai machinalement contre l'un des rayonnages, tandis que je battais mon briquet. Au même instant j'eus l'impression de partir dans le vide, tandis que, déséquilibré, je tentais de me raccrocher au montant de bois. Par miracle, il résista. Dieu merci, je ne fus pas projeté dans le trou noir et béant qui s'était ouvert derrière moi...

A peine remis de mes émotions, je contemplai avec stupeur l'escalier dont les premières marches m'apparaissaient en contrebas. Il semblait lui aussi vermoulu.

La prudence me conseillait de ne point m'y aventurer, mais le mécanisme d'ouverture de la porte secrète avait si parfaitement fonctionné que je le soupçonnai de servir encore couramment...

Je commençai par repérer ce mécanisme et par le faire travailler de nouveau, de l'intérieur comme de l'extérieur. Rompu à cet exercice, je m'emparai alors d'une lampe, puis je commençai à descendre.

Au fur et à mesure que je m'enfonçais dans les profondeurs de la terre, j'eus l'impression que l'air s'allégeait. Maintenant, il était même frais et paraissait apporter tous les embruns du large. Un jour fade se glissait jusqu'à moi. La rumeur des eaux s'amplifiait. Je les entendais battre les récifs avec une fureur sans égale.

Quand je débouchai dans la grotte, cette grotte à laquelle j'avais espéré accéder par la mer, j'en fus tout juste surpris. A mes pieds, les vagues noirâtres venaient échouer. Leur clapotis n'atteignait cependant pas les gradins taillés à même le roc sur lesquels étaient entreposées des dizaines de caisses. Une à une, ma lampe les sortait de l'ombre. Aussitôt, je me dis qu'il ne s'agissait pas de drogue, mais de quelque chose de plus meurtrier encore. De rocher en rocher, j'atteignis la première caisse. A l'aide d'un levier improvisé — en l'occurrence un simple morceau de bois —, j'en fis sauter le couvercle. Mes mains fébriles écartèrent le nylon soigneusement ajusté qui recouvrait la marchandise et celle-ci m'apparut enfin. Les crosses des armes à feu, les canons soigneusement astiqués luisaient doucement dans la pénombre. Il y avait là un amoncellement de fusils de toutes natures, des mitraillettes, des bazookas auxquels je ne pouvais attribuer de références précises, bien qu'ils m'apparussent des plus modernes, comme je pus le vérifier en ouvrant d'autres caisses. Des munitions en grande quantité donnaient leur raison d'être à ces engins de mort. C'était bien l'arsenal le plus fantastique que l'on pût imaginer, et nous tous à Penroc étions assis en permanence sur une poudrière !

Cette pensée me donna froid dans le dos.

Une dernière vérification m'apprit que le matériel en question était soviétique. Quelle était sa destination ? L'Afrique, le Pakistan ou les pays d'Amérique latine ? Je ne voulais point songer qu'il pût s'agir de notre bonne et douce France, si riche, et par cela même tellement convoitée ! Est-ce qu'en 14-18 et en 39-45, nous n'avions pas assez payé notre tribut à la guerre, cette guerre exécrée et cependant partout présente comme une tare et comme une lèpre ?

Bouleversé, je l'étais profondément. Mettre un terme à ce trafic s'imposait, mais à mon humble avis, cette affaire ne pouvait être réglée par le commissaire Vallon, car elle dépendait surtout de la D.S.T. [1]. Je ne savais trop comment m'y prendre pour contacter ce service. L'idée de téléphoner au Quai d'Orsay me vint.

Cependant, j'hésitais, par crainte du scandale et des bavures que cette intervention susciterait certainement. Je ne redoutais rien de très précis pour moi-même. En l'occurrence, ne ferais-je pas figure de héros ? Ne serait-ce pas grâce à moi que seraient arrêtés les trafiquants d'armes ? Mais que deviendrait Larissa ? Impossible de la tenir à l'écart, d'autant qu'elle ferait probablement l'objet d'une dénonciation de la part de ses complices...

Soupçonnée de meurtre, accusée de terrorisme, comment pourrait-elle s'en tirer ?

A la pensée que cette femme jeune et belle finirait ses jours en prison, je me révoltais.

Parce que l'heure tournait, je m'astreignis à refermer soigneusement les caisses, puis à effacer toute trace de mon passage. Après quoi, je repris l'escalier en colimaçon. L'oreille collée contre la porte secrète, j'attendis quelques instants avant de pénétrer dans la cave, car je craignais de me trouver nez à nez avec Justine ou avec Muriel. Aucun bruit ne me parvenant, je fis s'ouvrir la paroi et la refermai sans attendre. Il était temps. Ma future femme que l'ennui rendait maussade m'appelait :

— Que diable fais-tu donc, Gautier ? Pourquoi ne viens-tu pas, plutôt, me tenir compagnie ?

J'acquiesçai en grommelant et montai me changer. Lorsque Larissa revint de sa longue promenade, elle nous trouva sagement assis au salon.

Muriel crut bon de lui conter mon inspection de la cave. A ce dernier mot, la jeune femme leva la tête. Elle me scruta. Je soutins son regard d'un air innocent mais, à présent, j'étais certain qu'elle connaissait le passage secret. Cela expliquait la manière quasi magique qu'elle avait de surgir dans la maison au moment où je m'atten-

1. Défense et sécurité du territoire.

dais le moins à la voir. J'en conclus qu'un souterrain devait relier la grotte à la lande.

Avant le dîner, nous reçûmes la visite de Sandrine Leguérec. Aussitôt, Larissa se retira du salon. L'inimitié qui régnait entre ces deux femmes était si visible qu'il était en effet préférable que l'une d'elles, sans doute la plus intelligente, cédât le terrain. A peine Mme de Kéry eut-elle fermé la porte que Sandrine, tout excitée, nous parla du grand Fernand :

— Il est à l'hôpital de Saint-Cast, précisa-t-elle. Il va y avoir une enquête de police, car le bougre est en piteux état. Cependant, il refuse de dire qui l'a arrangé de cette manière. On a tout à fait l'impression d'un règlement de comptes. Quant à M. Segonza, il fulmine ! Dame ! Il a autre chose à faire que de s'occuper des frasques de son palefrenier ! D'autant que ce n'est pas la première fois que ce dernier subit les foudres d'un mari jaloux !

— Lui, jouant au don Juan ! On aura tout vu ! m'exclamai-je, rassuré quant à la tournure que prenaient les événements.

Mais cette quiétude fut de courte durée. En vérité, Fernand avait bien d'autres moyens de se venger que d'avertir la police !

Ce fut dans ce climat d'insécurité que j'épousai Muriel cinq jours plus tard, par un temps redevenu radieux.

Tout Monbourg assista à la bénédiction nuptiale. Muriel, délicieusement émue, était aussi rose que sa robe de crêpe de Chine, un modèle de Dior qu'elle portait à la perfection. Elle avait su le choisir en rapport avec ses formes légèrement arrondies, et bien malin celui qui aurait pu deviner sa grossesse.

Avant le oui sacramentel, j'eus une dernière pensée pour Larissa. Je savais que je ne la verrais pas ce jour-là. N'avait-elle pas refusé notre invitation, refusé aussi d'assister à la cérémonie, au grand chagrin de Muriel ?

— J'ai beau faire, Gautier, me confia cette dernière, jamais je ne la comprendrai ! Pourquoi se cache-t-elle ? Pourquoi refuse-t-elle de partager notre bonheur ? Ne sait-elle pas que je la considère comme ma sœur, comme mon amie ?

— Pardonne-lui, dis-je. Quand le vide s'est creusé autour d'elle, elle n'a trouvé que la solitude pour lui servir de compagne. Son âme a reçu tant de blessures que son cœur saigne encore...

En parlant ainsi, j'étais le premier à m'accuser intérieurement de l'avoir si lâchement trahie.

Au cocktail que nous donnâmes à la suite des cérémonies civiles et religieuses, se pressèrent les notables de Monbourg, parmi lesquels nous nous vantions de n'avoir que des amis. Le maire, sa famille, les conseillers municipaux, le curé Bellou et sa gouvernante, l'instituteur, seul célibataire du village, les Leguérec...

Pour aider Justine, Muriel avait engagé un extra. Tout de suite, l'homme me fut antipathique. Il fit tant de bévues que je le soupçonnai d'exercer son métier depuis peu de temps... Pour le service des boissons, je dus le seconder. Il en profita pour s'éclipser un bon moment. Intrigué, je me mis à sa recherche et le surpris comme il sortait de la cave.

— D'où venez-vous ? demandai-je les sourcils froncés.

— Monsieur le voit bien !

Les trois bouteilles de champagne qu'il portait pouvaient être une excuse. Force me fut de le laisser passer, mais déjà j'envisageais le pire. Et s'il s'était introduit chez nous dans le but de nous espionner ?

— Eh bien, mon chéri, tu en fais une tête !

Muriel a toujours eu le vin gai. Elle était tellement rayonnante que son bonheur m'effraya. Passant son bras sous le mien, elle m'entraîna vers le curé :

— Trinquons ! lui proposa-t-elle en lui glissant discrètement une enveloppe dans la main. Pour vos œuvres...

— Merci, mille fois, ma chère enfant...

Nous entrechoquâmes nos coupes. Mon sourire était si forcé que je devais avoir un air féroce.

— C'est une belle journée, mon fils. Rien ne devrait vous rendre plus heureux que la satisfaction du devoir accompli...

— Croyez-vous ?

Mon ironie était plus pitoyable que blessante. Des gouttes de sueur perlaient à mon front. Je les essuyai du revers de la main et m'empressai d'aller ouvrir la fenêtre :

— On étouffe ici...

De fait, le parfum capiteux des fleurs que Justine avait disposées sur les meubles entêtait. Je déboutonnai mon col de chemise et tirai sur ma cravate. Cette liberté relative me permit de faire face aux congratulations de nos invités. Sandrine s'approcha de moi :

— Il y a beaucoup d'ambiance, n'est-ce pas ? Je vois que pour la circonstance, vous avez refoulé la sorcière ! Vous devenez enfin raisonnable !

Mes mains se crispèrent :

— Pourquoi tant de haine, Sandrine ?

Elle protesta vigoureusement :

— Vous vous trompez... J'ai seulement peur pour vous. Reconnaissons-le : vous avez gagné la première manche. Il n'en faudra pas moins être très vigilant. Tant de choses peuvent encore arriver !

— Lesquelles ?

— Que sais-je ? Muriel est une enfant. Il serait facile de la manœuvrer... — Et, ce disant, elle ne quittait pas ma femme des yeux : — Méfiez-vous...

J'allais la retenir, la forcer à s'expliquer quand elle s'écarta légèrement pour sourire à l'instituteur et entreprendre sa conquête. Une aubaine pour elle que ce garçon myope et gauche que ses élèves tournaient en ridicule ! Tout plutôt que de demeurer vieille fille !

Quelque peu écœuré, je me rapprochai d'Hector Leguérec, en grande conversation avec le maire. Le nom de Segonza fut plusieurs fois prononcé :

— En voilà un qui donnerait de l'essor à Monbourg ! La caisse de la municipalité est vide. Un homme comme lui pourrait la renflouer, mais pour cela, il faudrait qu'il pût habiter la commune. Ah ! si seulement vous lui aviez vendu Penroc !

— Ainsi, Monsieur le Maire, vous vous passeriez bien volontiers de ma présence si, en contrepartie, vous récupériez un citoyen de la qualité de Monsieur Segonza !

— Voyons, je n'ai pas voulu dire...

— Non ! Mais vous l'avez pensé si fort que tout le monde l'a entendu !

Mon acrimonie jeta un froid. Pour faire diversion, Muriel appela Justine et la pria de servir de nouveau du champagne, pendant qu'elle-même passait les petits fours et les canapés. La conversation reprit sur un autre thème. Je n'intervins pas.

Réussie, notre petite fête ? Jamais je n'avais assisté à quelque chose de plus insipide. La plupart de nos invités étaient de braves gens. D'où venait qu'ils m'insupportaient ?

— Secoue-toi, Gautier ! me dit Muriel en aparté. Tu ne me fais pas honneur...

Je n'étais pas en effet un jeune marié très convaincant. Il me fallut un certain courage pour refouler mon désir de fuite. Le bruit des voix me heurtait.

Je trouvais au champagne un goût de fiel. Les tics et les manies de chacun me sautaient aux yeux. Même la beauté de ma femme s'estompait devant ma fâcheuse tendance à la critique. J'aurais voulu pouvoir hurler comme une bête, les sommer de se taire, de ne pas entraver ma vie, courir à perdre haleine jusqu'au pavillon et quémander de Larissa le pardon...

Mais, stoïque, j'assistai jusqu'au bout à la réception, sans m'être montré pour autant un maître de maison très à la hauteur. Nul doute qu'on m'aurait beaucoup critiqué dans les jours à venir, si un incendie né d'une main criminelle n'était venu alimenter les conversations.

Il eut lieu le soir même et Penroc lui servit de cadre. Quelle étrange nuit de noces ! Dans ses réactions, Muriel était aussi romantique que traditionaliste et ce n'était pas parce que nous nous connaissions depuis longtemps, au sens biblique du terme, que cette nuit-là ne devait pas compter. Peut-être en effet aurions-nous pu retrouver le désir et l'émotion qui avaient été les nôtres trois ans plus tôt, si je n'avais eu l'esprit préoccupé. Quand elle me vit surgir dans la chambre avec un fusil de chasse, elle retint un cri. Elle avait revêtu sa plus belle parure de lit. A côté de sa grâce, de sa féminité, j'avais l'air d'un rustaud, vêtu à la diable d'un jean et d'un pull à col roulé.

— Mais... où vas-tu ?

— Faire un tour de reconnaissance... Je peux bien te l'avouer : je ne suis pas tranquille.

— Que redoutes-tu ?

— Je ne serais pas étonné si nous avions des visites...

Elle avala sa salive et me laissa mettre les cartouches dans le fusil.

— Depuis quand possèdes-tu cet engin ?

— Depuis l'agression de Larissa.

— J'aimerais mieux la savoir ici..., murmura-t-elle en réprimant un frisson.

— Pour l'heure, je crois qu'elle ne craint rien... J'ai, par contre, le pressentiment qu'il se passera quelque chose à Penroc...

En quelques mots je lui parlai de Victorien, notre extra :

— Je me demande où tu l'as déniché.

— Oh ! il est venu se présenter...

— Sans références ?

— Au contraire, il en avait beaucoup.

— Hum !

— Tu ne le prends tout de même pas pour un homme de Segonza ?

— Justement si !

Muriel se laissa tomber sur le lit. Bien qu'elle fût nerveuse et inquiète, elle s'efforçait de n'en rien laisser paraître.

— Tu es une brave petite femme, dis-je en l'embrassant sur le bout du nez. Attends-moi. Je n'en ai pas pour longtemps.

Avant qu'elle eût esquissé un geste pour me retenir, je quittai la chambre et dégringolai l'escalier. Dans toutes mes équipées nocturnes, j'étais sorti par la porte de la cuisine, parce qu'ainsi, je me trouvais aussitôt sur la falaise. Mais cette fois-ci, cette tactique ne me parut pas la meilleure. Tout individu mal intentionné se serait mis en tête de pénétrer dans Penroc par cette porte-là. Je risquais donc de me faire assommer. Voilà pourquoi j'empruntai la grande porte d'entrée, en prenant soin de tout éteindre derrière moi.

Ombre parmi les ombres qui m'environnaient, je me glissai entre les arbres. La nuit douce, langoureuse, transportait des parfums inconnus. Tout était calme. La mer que la lune à son dernier quartier n'éclairait pas rejoignait le ciel sur l'horizon comme une amoureuse son amant... Je fis trois fois le tour de Penroc, attentif au moindre bruit suspect, mais j'étais seul près de ces hauts murs, et cette certitude me rassura.

Allons, je n'allais pas passer la nuit dehors sous prétexte de prévenir un danger qui n'existait que dans mon imagination ! De guerre lasse, j'abandonnai la partie et rentrai au bercail. Portes et fenêtres soigneusement fermées, que risquions-nous ?

Il n'y avait pas une demi-heure que j'avais rejoint Muriel qu'un long miaulement déchira l'air.

Ma compagne se dressa sur son séant :

— As-tu entendu ?

— Oui, dis-je le cœur battant.

— Qu'est-ce ?

— Le chat de Larissa.

— Tu plaisantes ! Jamais un chat n'émettrait un son aussi déchirant.

Sa répercussion d'écho en écho nous avait positivement ébranlés. Il y avait quelque chose de diabolique dans ce cri. Quelque chose d'impressionnant. Je me levai et enfilai mes pantoufles.

— Tu ne vas pas sortir, Gautier ! Non ! Ne me laisse pas seule ! J'ai peur !

Voyant qu'elle cherchait à allumer sa lampe de chevet, je l'en empêchai. Nous luttâmes un instant sur le lit :

— Tais-toi ! Je vais entrouvrir les volets...

D'avance, je savais que mes yeux auraient beau fouiller les ténèbres, ils ne décèleraient rien ; mais à peine m'étais-je approché de la fenêtre que je perçus une lueur flamboyante à travers les interstices. Je rejetai les volets contre le mur.

— Bon Dieu ! Mais...

— Le feu ! s'écria Muriel d'une voix devenue hystérique. La grange brûle !

Je ne sais même pas comment je me retrouvai dehors, mon fusil à la main, prêt à tirer sur tout ce qui bougerait, mesurant déjà l'ampleur du désastre.

— Ma voiture ! Oh ! Les salauds ! Les salauds !

Des larmes de rage impuissante me montaient aux yeux.

— De l'eau, vite ! De l'eau !

Comme dans un miroir magique apparut Larissa. Elle avait les cheveux en désordre et je ne voyais que sa grande cape noire d'où émergeaient ses bras blancs qui traînaient le lourd tuyau d'arrosage. Je ne saurais décrire ce que sa présence me fit en cet instant. Des images, des pensées se bousculaient dans ma tête...

Cette silhouette qui se découpait sur le fond incandescent du foyer, c'était comme une vision venue de l'enfer. L'éclat du feu allumait dans les yeux de la jeune femme d'autres brasiers à la faveur desquels elle semblait se consumer. Il y avait sur son visage une expression que je ne lui connaissais pas.

— Ouvrez le robinet, Gautier ! Qu'attendez-vous ?

Je m'exécutai et pris sa relève. Muriel et Justine ramenaient des seaux d'eau de la cuisine et sur mes instructions mouillaient la terre qui séparait la grange de la maison. Puis, soudain, je fus certain que Penroc ne flamberait pas. Les acolytes de Segonza ne pouvaient avoir eu cette idée. Leur intérêt n'était-il pas de préserver l'arsenal que recelait le sous-sol ? Cependant, je priai Justine d'aller au village en vélomoteur et de prévenir les pompiers, car, seuls, nous ne pourrions venir à bout du sinistre. Ses reflets teintaient le ciel. C'était une nuit rouge et sans étoiles...

Nous avions l'impression de baigner dans le sang...

*
**

A l'aube, il ne restait de la grange qu'un amas informe qui fumait encore et sous lequel était enfouie ma voiture. C'était un sérieux coup pour mon budget que la perte de cette dernière, d'autant que je ne pourrais rien tirer des assurances.

Si la perspective de dégager plusieurs dizaines de milliers de francs pour l'achat d'un nouveau véhicule ne me souriait guère, je ne pouvais cependant y surseoir très longtemps. Nous étions trop isolés du village pour envisager de nous en passer.

Pendant les deux jours qui suivirent, je fus préoccupé par cette question et par l'obligation où je me trouvais de porter plainte contre X.

Lorsque l'inspecteur Fournoux, l'adjoint du commissaire Vallon, après m'avoir interrogé, m'apprit que les gens de Monbourg accusaient Larissa de Kéry d'être l'incendiaire, je ne pus maîtriser mon indignation.

— Vous n'allez tout de même pas ajouter foi à de telles inventions !

— Hé !

D'un naturel soupçonneux comme le sont en général les policiers, Fournoux se montrait peu loquace. Il ajouta cependant :

— Vous m'avez bien dit avoir trouvé Mme de Kéry

sur les lieux ? Que faisait-elle près de votre grange à une heure du matin ?

— Elle avait un tuyau d'arrosage à la main et...

— Une mise en scène habile destinée à vous donner le change.

— Elle avait commencé d'éteindre le feu...

— Non. Vous vous contredisez, Monsieur Landasle. C'est vous qui avez ouvert le robinet d'eau. — Et, devant mon brusque silence : — J'ai bien l'impression que nous tenons là notre criminelle. Désolé... Je crois savoir que vous avez de la sympathie pour cette femme.

— En effet. Vous ne me ferez pas croire qu'elle est coupable. Pourquoi ? Pourquoi aurait-elle agi de la sorte ?

Il haussa les épaules :

— Allez savoir ce qui se passe dans le cerveau des gens ! Et Mme de Kéry a malheureusement un lourd passé derrière elle !

— Vous n'avez rien pu prouver !

— Mais un jour ou l'autre nous la coincerons et je vous prie de croire que ce jour-là...

Il laissa sa phrase en suspens pour mieux me laisser envisager ce qu'elle risquait. Je ne pus m'empêcher de frémir.

— Nous avons découvert un bidon d'essence sur les lieux du sinistre. Il nous faut donc écarter la thèse de l'accident. S'agirait-il d'une vengeance ? Vous connaissez-vous des ennemis ?

J'acquiesçai :

— Ce pourrait être une manœuvre d'intimidation. Récemment, j'ai refusé de vendre la maison...

— Eh bien, cherchons de ce côté-là... Nom et prénom de l'acquéreur en question ?

— Edouard Segonza, dis-je très calmement, tout en observant sa réaction.

Je vis tout de suite que je le scandalisais. Cependant, il ne fit aucune réflexion.

— Bon, en cas de besoin, n'hésitez pas à venir nous voir et un conseil, ajouta-t-il en me quittant. Faites assurer votre demeure... Au fond, vous avez eu de la chance que ce soit la grange qui ait brûlé !

Dès qu'il fut parti, je fus pris d'un ardent désir de connaître la vérité. Toutes ces histoires d'assurances m'avaient remis en mémoire ma visite à Clothilde de

Kéry. A tout prix, il me fallait la faire parler. Ne lui avais-je pas dit que je reviendrais la voir ? Je ne l'avais que trop longtemps négligée.

Le lendemain, j'avertis donc Muriel que je serais absent toute la journée. J'avais un bon prétexte. On n'achète pas une nouvelle voiture sans en essayer plusieurs :

— J'irai probablement jusqu'à Dinan, dis-je. Je sais qu'il y a un concessionnaire Opel.

— Je croyais que tu reprendrais une Renault...

— Peut-être pas...

Je l'embrassai à la va-vite et gagnai Monbourg à pied. De là, je pris un car jusqu'à Saint-Cast.

Ces manœuvres successives venaient de me montrer — s'il en était besoin — à quel point une voiture est utile. J'en louai une aussitôt.

A Dinan, je n'eus aucun mal à retrouver la place Saint-Sauveur. Je m'orientai facilement dans le dédale des vieilles rues dont j'avais gardé un souvenir médiocre. Je leur découvris du charme. Beaucoup de balcons fleuris agrémentaient les façades des boutiques à encorbellement. Il était vrai que je voyais le tout sous un beau soleil. Rien de tel pour enjoliver les lieux les plus tristes...

Bientôt le numéro 5 de la rue du Jerzual se dressa devant moi. J'y pénétrai avec assurance. Comme il était près de midi, il y avait des chances pour que la belle-sœur de Larissa fût chez elle. Pour monter plus facilement les marches usées par le temps, je m'appuyais parfois sur le mur que l'humidité maculait de lèpre. Et de nouveau je m'interrogeai : qu'avait donc bien pu faire la pauvre Clothilde pour en être réduite à cette misère ? Qui avait-elle fui en quittant Penroc ? L'avait-on sommée de se terrer comme une bête, sous peine de représailles ?

Les trafiquants avaient fait de Larissa leur complice. Mais bien évidemment, ils n'avaient pas voulu de Clothilde...

Au deuxième étage, je m'arrêtai pour souffler un peu. L'escalier n'était guère plus éclairé que la première fois. Toute la maison était imprégnée de ces affreux relents de renfermé et de moisi que de grands nettoyages et d'habiles réfections ne font jamais complètement disparaître des lieux où les siècles se sont accumulés...

J'ai toujours détesté cette odeur, et je n'ai qu'à me revoir en train de monter l'escalier pour qu'elle me donne de nouveau la nausée. Elle fait partie du souvenir horrible que je garde de cet instant précis où, arrivé sur le palier du troisième étage, je découvris la porte de l'appartement entrebâillée. Je ne sais pas pourquoi, mais j'hésitai à la pousser. Un léger courant d'air la fit grincer sur ses gonds et ce que j'entrevis alors me laissa pétrifié. Nul doute que je ne serais pas entré dans la pièce si je n'avais entendu des pas marteler les marches de pierre... Affolé, je pénétrai enfin chez Clothilde de Kéry et fermai la porte à clef derrière moi. Alors seulement j'osai regarder le cadavre.

Affalée contre la table renversée, sa longue chevelure aux fils argentés étalée sur le lino crasseux, ses mains crispées sur un objet fantôme, telle m'apparut la veuve d'André.

Malgré ma répugnance, je me penchai sur elle. Pas besoin d'être expert pour remarquer sur son cou des traces de strangulation. Ecarquillés, ses yeux témoignaient de sa peur, et cette peur, curieusement, me prenait à mon tour à la gorge.

Je touchai sa main, elle était tiède. A ce moment, les pas s'arrêtèrent sur le palier. On frappa à la porte et l'on abaissa la poignée. Je bénis ma présence d'esprit qui m'avait fait tourner la clef dans la serrure ! Il s'en était fallu de peu que je ne fusse accusé d'un crime que je n'avais pas commis. Les apparences n'auraient-elles pas été contre moi ?

Les pas s'éloignèrent... Le temps de frotter à l'aide d'un mouchoir toutes les parties où je pouvais avoir laissé mes empreintes et je redescendais quatre à quatre les étages.

Lorsque je me retrouvai dans la rue, je dus me faire violence pour ne pas me mettre à courir à perdre haleine tout droit devant moi, poursuivi par le regard halluciné de la morte qui, seule, aurait pu m'aider à découvrir le véritable visage de Larissa.

Le soir même, je téléphonai au Quai d'Orsay.

DEUXIEME PARTIE

UNE INTERVENTION INESPEREE

Chapitre premier

Derrière le bureau d'acajou sombre qu'encombraient divers dossiers, Jacques d'Orsonval s'activait.

Ce haut fonctionnaire sur qui reposent la plupart des délicates affaires relevant de la D.S.T. ne mesure ni son temps ni ses efforts.

— Ah ! je voudrais bien les voir, songeait-il une fois de plus, ces gratte-papier des ministères, face aux problèmes qui m'incombent ! Ils ne seraient pas à la noce tous les jours !

Mis dans l'obligation en cas d'urgence de prendre des décisions qui pourraient s'avérer lourdes de conséquences, il menait une existence que peu lui auraient enviée si, au-delà des apparences — hôtel particulier, voiture de luxe, résidences secondaires et yacht ancré au port de Cannes —, les gens avaient pu deviner et partager un moment ses soucis.

Jacques d'Orsonval ne connaissait pas la sérénité, et cependant il n'aurait pas troqué sa place contre une vie oisive, aussi protégée qu'insipide. Car, ce qu'il aimait, c'était le danger ; non pas celui qu'il aurait pu encourir lui-même — il ne quittait guère son bureau —, mais celui qu'il vivait par personnes interposées.

Parfois, il se faisait l'effet d'un général jouant avec des soldats de plomb, tandis que d'autres soldats en chair et en os affrontaient le feu de l'ennemi sur le champ de bataille.

Seulement, ce n'était pas une lutte ouverte qu'il menait en compagnie de ses fidèles adjoints, mais un combat de l'ombre, incertain, en butte à la traîtrise.

Il fallait donc compter avec la Chance et tenter de se la concilier. Hélas ! elle se montrait capricieuse... Voilà pourquoi la mission la mieux organisée risquait de tourner au désastre, alors que des coups de main de dernière minute remportaient quelquefois la plus éclatante des victoires.

Jacques d'Orsonval s'arrêta un instant pour réfléchir. L'affaire qui le préoccupait se présentait mal. Certes, le filet était tendu et il n'attendait que l'instant propice pour le refermer sur les terroristes dont la France a le malheur d'abriter plusieurs commandos. Mais il fallait penser à la population (elle ne devait pas avoir à souffrir d'une intervention trop brutale), se souvenir, surtout, que ces gens-là étaient capables de tout et qu'ils n'avaient rien à perdre, ce qui fortifiait leur position.

Le téléphone sonna. D'Orsonval décrocha aussitôt.

— Ah ! bonjour, Monsieur le Ministre. Comment allez-vous ?

— Très bien, d'Orsonval, très bien... Où en êtes-vous dans l'affaire Schloss ?

— Nous lui donnerons une conclusion imminente.

— Parfait. Et pour ce trafic d'armes découvert en Bretagne ?

— J'attends des renseignements complémentaires. La mission est délicate...

— D'autant que votre intervention doit demeurer secrète. Pas de zèle excessif, d'Orsonval, n'est-ce pas ? Mais de l'efficacité... J'avoue que tout cela me préoccupe beaucoup... Je compte sur vous.

— Vous pouvez, Monsieur le Ministre...

— A bientôt, donc...

— Mes respects, Monsieur le Ministre.

Ce dernier raccrocha et Jacques en fit autant avec un soupir.

L'un de ses adjoints frappa à la porte de son bureau et y pénétra sans attendre. On lui recommandait d'agir ainsi lorsqu'il s'agissait de quelque chose d'urgent. D'ailleurs, seules les affaires de la plus haute importance arrivaient jusqu'au bureau de d'Orsonval. Les autres étaient traitées à différents niveaux par une armée d'hommes aussi efficaces qu'expérimentés.

— Eh bien, Raymond ?

Jacques qui s'était remis à signer de nombreux papiers officiels, n'avait pas levé la tête. Raymond vint jusqu'à son bureau et, brièvement :

— Nous venons de recevoir un coup de téléphone, Monsieur. Il s'agit du trafic d'armes en Bretagne.

— Ah !

Vivement, le chef de la D.S.T. enleva ses lunettes pour scruter le visage de son interlocuteur :

— Un coup de téléphone ? Anonyme ?

— Non, Monsieur. Notre correspondant s'est présenté comme étant le propriétaire de Penroc. Il se vante d'avoir découvert le pot aux roses, et, en bon citoyen, a pensé qu'il valait mieux nous prévenir plutôt que d'alerter la police locale.

— Enfin un homme intelligent ! Lui avez-vous recommandé de ne pas bouger pour l'instant ?

— Oui, mais... Ne pensez-vous pas que nous devrions l'obliger à quitter la maison ?

— Ce serait une erreur... Notre coup de filet n'a des chances de réussir que si rien d'anormal n'alerte les trafiquants. Je sais de source sûre que de nouvelles armes, parmi les plus sophistiquées existant actuellement, arriveront à Penroc par la voie habituelle dans dix jours exactement et de nuit, comme il se doit. Vous savez qu'on ne peut pénétrer dans la grotte qu'à marée basse. Voyez... J'ai là une topographie des lieux et, pour ce qui est des environs de Penroc, une carte d'état-major suffira. Nous avons tout de même de la chance d'avoir un agent sur place. Ses comptes rendus sont remarquables... Mais je ne vous cacherai pas que son sort me tracasse... ajouta-t-il en se massant le front, signe chez lui de la plus grande tension intérieure.

— Pourquoi ne pas assurer sa protection ?

— J'y ai pensé... Hélas ! je crains qu'un de nos hommes ne soit très vite repéré, ce qui pourrait amener le commando à modifier ses plans. Je ne veux pas courir de risque.

— Il est également évident que Gautier Landasle compte sur notre intervention.

— Voilà qui n'arrange rien !

Par expérience, d'Orsonval redoutait les impondérables. L'emportement, l'impatience du jeune propriétaire de Penroc ou tout simplement la peur le conduiraient-ils à se dévoiler aux yeux des trafiquants ?

C'était aller à la mort, car ces gens-là ne s'embarrasseraient pas de scrupules.

La plupart étaient fichés au registre du grand banditisme. Grâce à son agent, d'Orsonval avait pu les identifier un à un... Segonza ? Serdriguez ? On les faisait marcher au doigt et à l'œil. Qui « ON » ? Voilà ce que la D.S.T. n'avait pas encore découvert, et c'était pour capturer le chef suprême de cette organisation internationale qu'elle faisait mine d'ignorer encore que des cargaisons d'armes arrivaient régulièrement en grand secret à Penroc d'où elles repartaient non moins mystérieusement pour une destination inconnue...

Certes, les frères Kéry, profitant de l'exceptionnelle situation de leur maison, faisaient depuis longtemps de la contrebande d'alcool et de cigarettes. Sans doute ne leur serait-il pas venu à l'idée d'intensifier leurs activités illicites si on n'avait sollicité d'eux un peu plus d'audace pour un gain beaucoup plus avantageux. Quant à risquer la prison, il valait autant que ce fût pour quelque chose de lucratif...

Les allées et venues des vedettes lourdement chargées se faisaient toujours de nuit. Jusqu'ici, il n'y avait pas eu d'accrochage. Un seul bateau s'était fait arraisonner en pleine mer par la brigade des douanes, mais aucun des hommes n'avait parlé et c'était seulement par recoupement que la D.S.T. avait pu localiser le trafic sur la Côte d'Emeraude. Malheureusement, les criques et les grottes qui jalonnent le littoral sont si nombreuses qu'on n'avait pu les visiter toutes, et l'on n'aurait probablement jamais découvert celle de Penroc, si la Providence ne s'en était mêlée.

Jacques d'Orsonval sourit, car « Providence » était devenu le nom de code de son agent... En s'acquittant scrupuleusement de sa mission, celui-ci allait rendre à la France un inestimable service, si toutefois Gautier Landasle ne s'avisait pas de jouer les héros.

— Le bougre pourrait tout faire rater !

Sur l'interphone dont était muni son bureau, d'Orsonval vit qu'un voyant lumineux s'allumait. Il appuya sur un bouton d'un geste impatient :

— Oui ?

— Monsieur Herbert Smith demande à vous voir, Monsieur. Dois-je l'introduire ?

— Bien entendu ! répondit le chef de la D.S.T. avec un visible contentement. J'espère que vous ne l'avez pas fait attendre !

— Dois-je me retirer, Monsieur ?

— Non, Raymond. Restez. J'aimerais vous présenter mon ami...

— Il s'agit bien du célèbre romancier ?

— Lui-même ! Et le plus beau, mon cher, c'est que les péripéties qu'il décrit dans ses livres ne sont pas inventées. Il les a réellement vécues !

— Diable ! Nous ferait-il concurrence ?

— Riez ! Il n'empêche qu'il a l'âme d'un vrai détective... Est-ce pour cela ? Les aventures sourdent sous ses pas comme autant de sources empoisonnées... et les cadavres aussi ! Vous ne me croirez pas, mais je l'ai vu se sortir des situations les plus critiques avec les honneurs ! Nous ne comptons plus les criminels en tous genres qu'il a réussi à démasquer et à faire arrêter, tandis que la police piétinait...

— Que ne l'engagez-vous dans les Services secrets !

— Hélas ! il ne se plairait pas parmi nous. Herbert aime trop la liberté pour...

— Non seulement je l'aime, mais je ne saurais m'en passer ! intervint Herbert Smith lui-même en pénétrant dans la pièce d'un pas assuré, un large sourire aux lèvres et la main tendue. J'ai surpris la fin de votre conversation, *old boy* ! Ainsi, vous parliez de moi ?

Jacques d'Orsonval rendit au visiteur son accolade. Puis, d'un ton enjoué, il fit les présentations :

— Mon adjoint, Raymond Beauvais. Herbert Smith, gentleman anglais et écrivain de son état. Eh bien, mon cher, quoi de neuf ?

— Rien ! C'est bien ce qu'il y a de triste !

— Comment ! Vous, en proie à la morosité ? Je rêve !

— Toutes les fois que je viens de terminer un roman, j'ai du vague à l'âme... La transition entre deux périodes de travail me déconcerte. Ce n'est pas si facile de trouver un nouveau sujet qui m'inspire suffisamment et réussisse à tenir les lecteurs en haleine...

— Racontez-leur votre dernière aventure...

— C'est déjà fait ! Non, peut-être vaut-il mieux que je prenne des vacances. Et comme on ne peut plus aller en Italie, en Espagne ou en Irlande sans risquer d'être la victime d'un attentat à la bombe, je demeurerai donc en France. Cette année, le Midi ne m'attire pas. L'Auvergne, par contre...

— Et pourquoi pas la Bretagne ? intervint d'Orsonval qui voyait tout ce qu'il pourrait tirer de cette suggestion.

Raymond Beauvais lui adressa un regard complice. Il avait parfaitement saisi où son patron voulait en venir... Mais était-il bien certain qu'Herbert Smith pourrait leur être utile dans l'affaire qui les préoccupait ? Et d'autre part, n'était-il pas dangereux de confier à un étranger un secret de cette importance ? Certes, d'Orsonval se vantait de très bien connaître le romancier, mais enfin c'était un Anglais et il était plutôt navrant de faire appel à un étranger, fût-il l'équivalent d'un Sherlock Holmes !

— Je connais une charmante localité en Bretagne où vous ne manqueriez pas de découvrir matière à votre prochain roman ! Coups de théâtre et suspense garantis, mon cher Herbert !

— Comment cela ? questionna le romancier en haussant un sourcil.

— Asseyez-vous...

— Ne me faites pas languir ! protesta Herbert en prenant place dans l'un des larges fauteuils de cuir noir dont le bureau du chef de la D.S.T. était doté.

Son regard gris étincelait déjà de curiosité. Satisfait de l'intérêt qu'il suscitait chez son ami, Jacques d'Orsonval se mit à marcher de long en large dans la pièce. Herbert lui présenta son paquet de Craven. Il se servit, tandis que Raymond refusait. Le briquet d'or dans la main du romancier brilla sous les rayons du soleil qui pénétraient par les larges baies panoramiques. La flamme jaillit, puis s'éteignit. L'Anglais avait des gestes pondérés et précis. Une impression de grande distinction se dégageait de sa personne. Il était vêtu d'un Loden élégant sous lequel on apercevait le costume prince de Galles d'une coupe aussi sobre que typiquement britannique. Son nœud de cravate était orné d'une épingle à tête de rubis que la flamme du briquet avait un instant avivée.

D'Orsonval aspira une longue bouffée de tabac, comme s'il y cherchait une sorte d'inspiration. Bien qu'elle ne fût pas du même ordre que celle du romancier, elle pouvait l'inciter à agir dans les meilleures conditions possibles. Ah ! mais que c'était difficile de demander un tel service à un amateur ! Car on ne pouvait considérer Herbert Smith autrement, aussi chanceux qu'il eût été précédemment[1]...

— Ne faites pas cette tête, *old chap* ! s'exclama ce dernier en souriant ironiquement. Je sais très ce que vous pensez... Vous trouvez un peu saumâtre de vous adresser à moi, n'est-ce pas ? Mais comme vous n'avez pas le choix...

— N'en croyez rien ! Cependant, vous avez raison... Vous me seriez d'une grande utilité...

D'Orsonval avait pris le parti de la franchise. Après tout, il n'y avait rien de bien extraordinaire à demander un service à un ami. Il connaissait la loyauté d'Herbert. S'il acceptait la mission qu'il était prêt à lui confier, il tenterait par tous les moyens à sa disposition de la mener à bien...

— Partout où vous allez, votre qualité de romancier célèbre vous ouvre les portes des milieux les plus fermés. A Monbourg, on vous accueillera à bras ouverts et...

— Monbourg ?

— Un village breton... Si vous connaissez la région de Saint-Cast à Saint-Malo, vous l'avez sans doute traversé...

— Je ne m'en souviens pas... Qu'importe ! Qu'irai-je donc faire à Monbourg, Jacques ?

— Veiller sur la vie de quelqu'un qui m'est cher... Je n'ai pas besoin de vous recommander la prudence. Je pourrais, certes, envoyer l'un de mes hommes, mais ce serait d'avance le conduire à sa perte...

— Tandis que moi...

— Vous êtes écrivain, pas agent secret. On ne se méfiera pas de vous... Vous vous intégrerez très vite à la vie du village et l'on ne s'étonnera pas de vous voir sillonner la côte, tant de jour que de nuit... Un poète ne recherche-t-il pas les effets de lune sur la mer ? Il ne se lasse

1. Lire « En cette nuit-là », « Condamnée au silence », « L'honneur des Albucci », du même auteur. (Presses de la Cité.)

pas de contempler le vol lourd des cormorans et s'attendrit devant un beau coucher de soleil !

— Que de lyrisme !

Herbert Smith riait, mais il avait parfaitement compris la gravité de la situation. Sinon, le chef de la D.S.T. aurait-il pris tant de gants pour lui parler de l'essentiel ?

— Allez droit au but, mon cher Jacques.

— Très bien...

D'Orsonval entreprit donc de mettre son ami au courant de l'affaire qui le préoccupait. Il ne négligea pas un détail, les multipliant au contraire dans le but d'éveiller son intérêt, car, il le savait, Herbert aimait le danger, les mystères, les caractères complexes... Eh bien, à Penroc, il serait servi !

— Bon, vous connaissez les faits... Maintenant, venons-en à la description des protagonistes du drame...

Un à un, il les passa en revue, insistant sur le rôle d'Edouard Segonza, spécifiant cependant qu'ils n'étaient, lui et Serdriguez, que des intermédiaires :

— Promoteur véreux, Segonza aurait été contraint depuis longtemps à s'expatrier s'il n'avait trouvé cette combine pour se renflouer... Il y a quelqu'un au-dessus de lui, quelqu'un dont hélas ! nous ignorons l'identité... Je ne vous demande pas de nous amener sa carte de visite sur un plateau d'argent, mais simplement de veiller sur « Providence ».

— Pourquoi l'avoir affublé d'un nom pareil !

— Nous avons en effet de drôles d'idées dans les Services secrets ! Ce surnom a du moins l'avantage de rappeler ses mérites...

— Il lui faut beaucoup de courage, en effet. Côtoyer des tueurs n'est pas une partie de plaisir...

— Si, grâce à vous, notre agent s'en sort indemne, vous aurez droit à ma reconnaissance éternelle !

Quelques boutades allégeaient la conversation et Herbert les appréciait à sa juste valeur. Cependant, quand il quitta le Quai d'Orsay deux heures plus tard, il ne repensa pas à tout ce que Jacques d'Orsonval lui avait dévoilé sans éprouver de sourdes craintes. Avait-il bien fait d'accepter ? N'allait-il pas au-devant d'un échec ?

— Bah ! songea-t-il avec un humour macabre, après tout, je ne risque que ma vie !

Ce qui était, avouons-le, le comble du défi.

Chapitre II

Herbert Smith arriva en vue du cap Fréhel entre chien et loup. Le vent lui apportait les senteurs du large. Il ne résista pas au plaisir d'aller jusqu'à la pointe du cap. Bientôt le phare balayerait la mer sur un rayon de cent dix kilomètres. Le romancier se demanda comment les contrebandiers pouvaient échapper à cet œil vigilant. Des rochers de la Fauconnière qu'il avait gagnés à pied, il scruta à l'aide de puissantes jumelles les alentours.

Dans le lointain, émergeait la masse sombre de Penroc. Les cris assourdissants des goélands supplantaient par instants la violence de la houle. Herbert fut tenté de se boucher les oreilles. Aussi fascinant qu'eût été le spectacle qui s'offrait à lui, il avait quelque chose de sinistre. Les éléments mettaient en cet instant le citadin à rude épreuve. Plus habitué à l'air surchauffé et empuanti du métro de Londres ou de Paris qu'à l'aquilon qui déferlait sur la lande et couchait les hautes herbes, il se sentait étourdi comme après l'absorption d'un vin trop capiteux.

Il y avait bien trois ans qu'il n'avait pas foulé le sol de Bretagne et ce coin-là en particulier... Ses souvenirs revenaient en foule... Il avait été si heureux et si malheureux sur cette terre ! C'était dans cette région qu'il avait appris la douceur d'aimer et souffert de ne pas voir son amour partagé [1]...

1. Lire « Plutôt que d'en mourir », du même auteur. (Presses de la Cité.)

Pourrait-il jamais oublier Soledad ?

Ce qu'on lui avait dit de Larissa de Kéry lui rappelait un peu les tourments qu'avait vécus sa bien-aimée... Comme Soledad, Larissa était en butte à la méfiance et à la haine. On dressait autour d'elle les hauts murs de l'indifférence et du mépris, des hauts murs qui l'enfermaient dans la solitude, le silence, et faisaient d'elle une enterrée vivante...

Herbert se sentait plein de pitié pour Larissa, car il se refusait à croire qu'elle fût coupable, sinon d'avoir épousé Kelvin de Kéry, d'avoir cru en lui et espéré qu'il la protégerait contre tout et contre tous...

Dans le dossier que lui avait remis Jacques d'Orsonval, la vie de la jeune femme était clairement relatée. La sécheresse des mots, les conclusions mûrement pesées la réduisaient à sa plus simple expression. Personne n'avait tenu compte des sentiments de Larissa, de ses souffrances face à l'incompréhension de sa belle-famille, de ses regrets... Aurait-elle jamais quitté son Pérou natal, la grandiose beauté de ses sites, son soleil intense et sa civilisation millénaire pour ce village français où elle n'avait trouvé qu'incompréhension ? Aurait-elle mis sa main dans celle de Kelvin si on lui avait dit ce qui l'attendait ?

Le doux visage dont Herbert possédait une photographie surgit devant ses yeux. Il était à peu près certain que le romancier n'aurait point accepté la mission dont on lui avait parlé, si on ne lui avait pas conté l'histoire de Larissa.

Il s'en était ému. Y avait-il une chance pour que la jeune femme retrouvât le bonheur ? Dans ce cas, il devait l'aider à ne pas le laisser échapper.

Chevaleresque en diable, l'Anglais conduisait sa propre existence à la faveur de ses convictions. Son instinct le guidait. Sa raison ne prenait jamais le pas sur ses intuitions. Il était ainsi fait qu'une cause apparemment perdue le passionnait.

Maintenant qu'il se trouvait sur les lieux mêmes où il allait pouvoir exercer ses talents, Herbert Smith décida de parer au plus pressé : se trouver une chambre, à Monbourg de préférence, ce qui ne serait pas facile, car le petit village ne possède pas d'auberge.

Il regagna sa Porsche et vira de bord. Bientôt, il fonçait sur la route de la falaise.

Son arrivée à Monbourg éveilla tout de suite la curiosité des habitants à l'affût derrière les fenêtres closes, car des mains impatientes en écartèrent les rideaux. Herbert s'arrêta sur la place de l'église. Jetant un regard autour de lui, il fit quelques pas en direction des modestes échoppes qu'il apercevait sur sa droite. Son choix se porta sur l'épicerie-bazar où Gautier Landasle, deux mois plus tôt, s'était lui aussi présenté.

En y pénétrant, il s'empêtra dans le rideau de perles multicolores et mit quelques secondes à s'habituer à la pénombre qui régnait dans le magasin.

— Y a-t-il quelqu'un ?

— Voilà ! Voilà !

De l'arrière-boutique surgit une femme encore jeune, vêtue d'une simple blouse grise. Son sourire avenant fit oublier au romancier le bric-à-brac qui l'entourait.

En quelques mots, il lui expliqua que, séduit par la beauté du site, il aimerait passer dans le village deux ou trois semaines de vacances.

Elle l'observa avec attention, puis, hochant la tête :

— Il me semble vous connaître... Sûr, je vous ai vu quelque part...

Perplexe, elle se caressait le menton. Soudain, son regard s'éclaira :

— J'y suis ! Il y avait votre photo dans le journal, la semaine dernière... Vous êtes bien Herbert Smith, l'écrivain anglais ?

— Lui-même ! approuva ce dernier avec un sourire modeste...

— Ça par exemple !

— Le monde est petit...

— Eh bien ! si je peux vous rendre service... J'ai une bicoque à l'entrée du village que j'ai fait retaper l'année dernière, au cas où quelques estivants songeraient à s'arrêter ici... La voulez-vous ? Elle comporte une chambre avec un coin-douche et une kitchenette... Oh ! ce n'est pas luxueux, mais très propre... La literie est bonne.

— C'est plus qu'il ne m'en faut ! répliqua Herbert, ravi.

— Dans ce cas, marché conclu ! Pour ce qui est du prix, nous nous arrangerons toujours, hein ? C'est tout de même un honneur pour Monbourg de recevoir une personnalité comme vous... Mes amis n'en reviendront pas...

— Soyez discrète, Madame, je vous en prie...

— Vous ne voulez pas que je dise qui vous êtes ? s'inquiéta-t-elle, déjà déçue...

— Je n'irai pas jusque-là... Mais j'aimerais profiter de mes vacances en toute liberté...

— N'ayez crainte, j'y veillerai... La célébrité, ce doit être quelquefois encombrant... Bon, si vous voulez me suivre... Yvette ! appela-t-elle. Garde le magasin ! J'en ai pour une vingtaine de minutes...

Une adolescente surgit de l'arrière-boutique. Son visage criblé de taches de rousseur gardait quelque chose d'enfantin. Elle semblait avoir l'esprit alerte et fureteur.

Se plantant devant le romancier, elle émit une onomatopée qui pouvait être un bonjour.

Herbert lui tendit la main :

— Enchanté, Mademoiselle.

Elle écarquilla les yeux. C'était sans doute la première fois qu'on la traitait en grande personne. Autant dire qu'Herbert prit de l'ascendant sur elle dès le premier instant.

— Je ne me suis pas présentée, dit la propriétaire du bazar. Rosalie Lanné. Yvette qui a quinze ans est ma fille unique. Tutoyez-la, je vous en prie... Je suis veuve, ajouta-t-elle. Nous aurions pu avoir une autre vie, si mon pauvre Jean était encore de ce monde...

— De quoi est-il mort ?

Elle le regarda, surprise :

— Ici, presque tous les hommes sont un jour victimes d'une tempête... L'Ankou rôde près des récifs...

— L'Ankou ?

— Oui... C'est ainsi que nous appelons la mort...

Le bref récit de Rosalie Lanné ne manquait pas de dignité. En s'inclinant légèrement, Herbert salua le courage de la jeune femme. Il enchaîna :

— En me promenant, j'ai découvert une fort belle maison, très isolée à trois kilomètres environ de Monbourg... J'avoue en avoir été impressionné. Du promontoire qu'elle surplombe, on doit avoir une très belle vue sur le cap Fréhel. Pensez-vous qu'on me laisserait pénétrer dans le parc pour prendre des photos ? Je ne vous cacherai pas que tout ce qui sort de l'ordinaire excite mon imagination... Or, l'imagination, c'est en quelque sorte la substance d'où découlent mes livres...

— Votre matière première...

Il approuva :

— Rien n'est plus juste...

— Il doit s'agir de Penroc... Je ne vois aucune autre maison dans le pays qui ressemble à la description que vous m'en faites... Et pour répondre à votre question, Gautier Landasle et sa jeune femme auront certainement à cœur de vous faire plaisir. Présentez-vous de ma part... Ils se ravitaillent chez moi chaque semaine... Je les connais bien.

— Merci, dit l'Anglais sans insister.

Tout en devisant, ils avaient suivi la rue en pente douce qui traverse le village et croisé le curé qui remontait en direction de l'église. Celui-ci inclina courtoisement la tête et les promeneurs lui rendirent son salut.

— Le curé Bellou... indiqua Rosalie. Tenez, en voilà un qui vous rendrait service... Il connaît l'histoire de notre Monbourg par cœur. Nous sommes très fiers d'avoir abrité quelques temps le baron Surcouf. Quant à votre compatriote, Sir Francis Drake, l'un de ses vaisseaux aurait, paraît-il, fait naufrage à quelques encablures de la côte...

— Passionnant ! s'exclama Herbert avec un enthousiasme sincère. Décidément, je sens que je vais me plaire ici !

La maison devant laquelle s'arrêta Rosalie Lanné avait été sommairement reblanchie à la chaux. Tout aussi rustique était l'escalier de bois qui, ignorant la grange qui occupait le rez-de-chaussée, s'élançait vers le seul et unique étage. Un joli papier à fleurs égayait la pièce qu'une armoire rustique et un grand lit, surmonté d'un énorme édredon de plumes, occupaient. Une douche étroite, un W.C.-broyeur la complétaient. La cuisine se résumait à un réchaud au gaz butane enfermé dans un placard où s'alignaient aussi de la vaisselle et des casseroles. L'Anglais n'avait certainement jamais rien vu de plus ordinaire, mais l'ensemble avait du moins le mérite d'être entretenu. Aussi cacha-t-il sa déception sous un sourire affable.

« Evidemment, ce n'est pas l'Hôtel Meurice, pensa-t-il,

habitué qu'il était au luxe des palaces internationaux. Tant pis ! »

Rosalie Lanné avait allumé une lampe à l'abat-jour rose car la nuit, peu à peu, tombait. Elle s'inquiéta :

— Je parie que vous n'avez rien pour votre dîner...

— Je l'avoue...

— Eh bien ! venez chez moi... A la fortune du pot... insista-t-elle. Si j'avais pu prévoir votre visite...

Il la remercia chaleureusement. Allons, sa première soirée à Monbourg ne se passerait pas si mal...

Le lendemain, il se promena ostensiblement dans le village pour que chacun s'habituât à sa haute silhouette et qu'on ne s'étonnât pas de ses allées et venues. Plusieurs personnes le saluèrent respectueusement, ce qui tendait à prouver que Rosalie Lanné s'était vantée d'avoir un locataire hors du commun.

En début d'après-midi, il se rendit à Penroc dont il avait pu entre-temps repérer l'emplacement. Elle était bien telle qu'on la lui avait décrite dans le rapport de la D.S.T. Mais les agents secrets qui ne sont point des poètes n'en avaient remarqué ni la sauvage grandeur ni les sortilèges, et pas davantage la détresse qui semblait sourdre de ces hauts murs dont la vigne vierge cachait les lézardes.

Les premières personnes que vit l'Anglais au tournant du chemin, là où la lande dénudée prend le pas sur le bois de chênes, se retournèrent comme il quittait sa voiture.

— Pardon, Mesdames... commença-t-il en faisant quelques pas dans leur direction.

La première était blonde, avec des yeux de porcelaine à l'expression candide. La seconde, plus petite, avait un visage attachant qu'on ne se serait pas lassé de contempler. Au premier regard, Herbert les avait identifiées. Il s'agissait de Muriel Landasle et de Larissa de Kéry. Ravi de l'aubaine qui lui permettait d'entrer en contact avec les deux femmes le plus naturellement du monde, le romancier déploya tout son charme.

La conversation s'engagea sans gêne aucune. Il est vrai que ni l'une ni l'autre n'aurait pu se douter des véritables raisons qui l'avaient amené à Penroc.

Son appareil photo qui brinquebalait sur sa poitrine au moindre de ses mouvements lui donnait bien l'air d'un touriste en quête d'images, de couleurs, d'impressions...

— Ce pays est magnifique ! s'exclama-t-il. Quelle chance vous avez de l'habiter !

— Croyez-vous ? répliqua Muriel avec une moue. Moi, je n'aime que Paris. Je ne me suis pas encore habituée à la lenteur des jours, aux ronces des sentiers, à la senteur du goémon, aux roches rouges, grises et noires dont les arêtes vives rappellent la gueule d'un requin... Depuis mon arrivée, je ne me sens plus moi-même, comme si la mélancolie de ces terres s'infiltrait en mes veines et me conduisait peu à peu vers la tombe...

— Muriel !

C'était le cri de Larissa. Désolée, elle avait hoché la tête. Avait-elle deviné jusqu'alors que la neurasthénie menaçait son amie ?

Son amie ! Etait-ce justement ce chagrin interne qui jetait Muriel Landasle dans les bras de Larissa ? Gautier était-il aveugle qu'il ne voyait pas sa jeune épouse dépérir ? L'ennui est un mal dont on se défend difficilement.

— L'enfant que vous portez saura combler vos vœux... dit vivement l'écrivain qui avait remarqué l'état de la jeune femme. Et puis, peut-être ne resterez-vous pas toujours à Penroc ?

— C'est vrai... J'ai quelquefois tendance à l'oublier...

Un pâle sourire était venu égayer le visage sombre de Madame Landasle.

— Voici mon mari, dit cette dernière. Il sera heureux de vous connaître.

Gautier arrivait à grandes enjambées, les sourcils froncés. Il était clair que l'intrusion de cet étranger ne lui disait rien qui vaille. Bien qu'Herbert ne l'eût jamais rencontré auparavant, il était sûr que le jeune homme, lui aussi, était en proie à un grand tourment. Sèchement, il interrogea le visiteur :

— Vous désirez ?

— Je suis en villégiature à Monbourg, répondit l'Anglais de bonne grâce.

— Monsieur est écrivain... intervint Muriel dont le regard s'était animé. Il nous demande la permission de faire des photos de Penroc...

— Je suis certain que c'est la Providence qui m'a conduit jusqu'ici ! enchaîna Herbert avec un enthousiasme un peu forcé. Oui, la Providence ! appuya-t-il intentionnellement, en dévisageant tour à tour le jeune couple et Mme de Kéry.

Cette dernière avait tressailli. Elle baissa les yeux et l'Anglais ne put suivre le cheminement de ses pensées.

— Il y a d'autres coins sur le littoral plus intéressants que Penroc ! grogna Gautier, de moins en moins amène. Et pour tout dire, je ne tiens pas à ce que ma propriété fasse l'objet d'un reportage.

— Mais...

— Qui me dit que ce n'est pas là l'unique but de votre visite ? enchaîna-t-il en soutenant le regard d'Herbert Smith. Ecrivain ou journaliste, pour moi, c'est tout comme !

— Gautier, voyons !

Pour la première fois, Larissa venait d'intervenir. Elle profita de l'étonnement de Landasle pour enchaîner.

— J'ai lu plusieurs romans de Monsieur Smith. Je ne pense pas que vous auriez à vous repentir de l'aider dans sa tâche. Il ne demande jamais que le libre accès au parc de Penroc d'où il pourra jeter les bases de son prochain récit... C'est bien cela, n'est-ce pas ?

— Absolument, Madame. Mais si Monsieur Landasle y voit un inconvénient, je renoncerai à mes projets...

— Comment savez-vous que je m'appelle « Landasle » ?

Il ne se laisserait pas facilement amadouer. Sa méfiance le prouvait.

— J'ai simplement demandé votre nom à Madame Lanné... Vous savez, l'épicière... C'est chez elle que j'ai loué une chambre...

Gautier se dandina sur un pied et sur l'autre, honteux peut-être de se montrer si peu hospitalier. Les regards furtifs qu'il échangea avec Larissa de Kéry surprirent le romancier. Curieux tout de même qu'il ne quémandât pas l'opinion de son épouse... De là à imaginer qu'une idylle existait entre les jeunes gens, il n'y avait qu'un pas qu'Herbert franchit allégrement. « Voilà qui n'est pas consigné dans le rapport que je possède... », pensa-t-il.

— Eh bien ! si vous y tenez absolument... dit Gautier. Mais je suis sûr que Penroc vous décevra.

— Merci. Et n'ayez aucune crainte, je me ferai tout petit.

— Je ne l'entends pas de cette oreille, protesta Muriel.

J'espère avoir la joie de vous faire les honneurs de ma maison. Et pour commencer, pourquoi ne viendriez-vous pas dîner demain soir ?

— Voyons ! n'accapare pas notre visiteur dès son arrivée ! protesta Gautier dont le visage ne s'était pas déridé.

— Je n'ai pas l'impression que Monsieur Smith en soit tellement fâché ! répliqua Muriel d'un ton mordant. Et puis, moi, j'ai besoin de me distraire... Depuis quelque temps mon moral se dégrade... Tu es bien le seul à ne pas t'en rendre compte, mon pauvre ami !

Landasle pinça les lèvres et regarda sa femme d'un œil étonné. Etait-il possible qu'il ne se fût point aperçu de sa pâleur, de son regard éteint, de la fébrilité de ses gestes... ?

« Cette femme est malade... songea Herbert avec une acuité presque médicale. Et personne n'a l'air de s'en apercevoir. »

Un malaise indéfinissable envahit le romancier au point qu'il eut envie de quitter Penroc sur-le-champ. Ce qu'il fit du reste, sous le prétexte de ne pas se montrer importun.

— Merci de votre bon accueil, lança-t-il en s'inclinant sur la main des jeunes femmes. Et à demain, donc. En toute simplicité, n'est-ce pas ?

Muriel acquiesça, soudain plus guillerette. Un peu de rose était monté à ses pommettes. Une petite flamme dansait dans ses yeux.

Herbert Smith s'éloigna de la propriété avec soulagement. Le rationalisme lui interdisait de donner libre cours à son imagination... Malgré cela, il se sentait désagréablement impressionné, comme si mille génies malfaisants eussent dansé autour de lui une sarabande infernale.

« Je ne vais tout de même pas croire qu'une malédiction pèse sur cette maison ! » grommela-t-il.

Mais, fâcheusement troublé, il craignait soudain que ne se reproduisissent les phénomènes dont plusieurs habitants de Penroc avaient eu à souffrir... Le rapport de la D.S.T. était si suggestif qu'Herbert croyait voir Gontran se suicider du haut de la falaise... André, juché sur son coursier maudit, galoper à la rencontre de la Mort... Kelvin s'éteindre comme une bougie dont le vent aurait soufflé la flamme...

Dès qu'il eut franchi le portail du domaine, il décida

d'aller reconnaître les alentours. Ce fut ainsi qu'il situa la villa d'Edouard Segonza à Erquy. Un parc immense l'entourait. Des molosses près des grilles décourageaient d'éventuels curieux. Comme Herbert avait eu le malheur de stationner à quelques mètres de là pour allumer une cigarette, il eut la désagréable surprise de se voir mettre en joue par un individu chaussé de hautes bottes de cuir et coiffé d'une casquette. Tranquillement, l'Anglais mit l'allumette dans le cendrier du tableau de bord.

— Circulez... Il est interdit de s'approcher de la villa.

— Vraiment ? s'exclama Herbert. J'ai l'impression que vous outrepassez vos droits.

— J'ai des ordres. Nous n'aimons pas les étrangers par ici... Ce sont tous des cambrioleurs en puissance...

— Mesurez vos paroles, sinon vous pourriez avoir à vous en repentir. Vous ne savez pas à qui vous parlez.

L'autre arma son fusil :

— Vous allez foutre le camp, oui ou non ?

Herbert jugea plus sage de ne pas pousser plus loin la conversation. L'homme, dont il connaissait très bien le passé pour l'avoir étudié dans le dossier que lui avait remis Jacques d'Orsonval concernant les « employés » du promoteur, était un tueur à gages en cavale. Il n'avait rien à perdre. C'était le genre d'individus qui vendent père et mère pour de l'argent. Segonza était bien gardé.

Le personnage répondait au prénom d'Auguste, un prénom et un visage que l'Anglais se jura de ne pas oublier.

— Nous nous reverrons, mon gaillard ! marmonna-t-il en remettant le moteur de la Porsche en marche et en s'éloignant sans demander son reste.

Cette première prise de contact avec la bande des trafiquants eut pour résultat d'ancrer plus solidement encore le romancier dans ses résolutions. Maintenant, il ne doutait plus que « Providence » fût réellement en danger. Il suffisait de si peu de chose pour dévoiler son double jeu. Une parole de trop... Un acte irréfléchi.

On n'avait pas interdit à Herbert de se faire reconnaître de l'agent secret, mais on lui avait recommandé d'agir avec la plus grande discrétion et seulement si les événements se précipitaient. Pour le moment donc, il en était réduit à un rôle d'observateur dont il n'appréciait ni la monotonie ni la placidité, car son tempérament le portait à l'action. Mais enfin il n'en était qu'au second jour de ses prétendues vacances en Bretagne et il ne fallait pas désespérer.

La chance, en effet, le servit dans l'heure qui suivit. Il s'arrêta dans un petit sentier rocailleux pour se détendre et lire le journal qu'il avait acheté chez Mme Lanné le matin même. Il parcourait d'un œil distrait les faits divers quand l'un d'eux attira brusquement son attention. Il lut :

« L'assassin de Mme Clothilde de Kéry court toujours. Les enquêteurs ne sont pas sans établir un rapprochement entre cette affaire et celles qui défrayèrent la chronique ces cinq dernières années. On se souvient en effet des drames qui ont endeuillé la famille de la victime qui perdit son mari et ses deux beaux-frères dans des circonstances tout aussi suspectes. Le commissaire Borgier, de Dinan, mène l'enquête. Il posséderait, paraît-il, un indice dont il s'est refusé à nous entretenir. »

Herbert n'ignorait rien de Clothilde de Kéry. Elle était fichée dans les archives de la D.S.T. au même titre que Larissa.

Sa retraite loin de Penroc, la demi-misère dans laquelle elle vivait, témoignaient s'il en était besoin de sa non-appartenance à la bande des trafiquants. Mais dans ce cas, pourquoi avait-elle été assassinée ? Etait-elle morte sous les coups d'un rôdeur désireux de lui voler son maigre pécule ? Voilà ce qu'Herbert décida d'apprendre sur-le-champ. Il ne savait pas pourquoi, mais un instinct le guidait. Aussi s'élança-t-il en direction de Dinan sans plus s'attarder.

Il était bien dix-huit heures quand il stoppa devant le commissariat.

— Je voudrais parler à votre patron, dit-il au premier agent qui se présenta.

— A quel sujet ?

— Le meurtre de Clothilde de Kéry.

— Si vous avez une déposition à faire, mon collègue s'en chargera...

— Non. Je ne parlerai qu'au commissaire Borgier.

L'autre le regarda d'un air soupçonneux, cependant il ne fit pas de commentaires.

— Un moment, je vous prie...

Impatiemment, Herbert attendit. Cinq minutes plus tard, on l'introduisait dans le bureau de Borgier. Ce dernier n'avait pas daigné lever la tête à son entrée, si bien que l'écrivain ne vit tout d'abord de son interlocuteur qu'un crâne chauve et reluisant.

— Eh bien ? dit-il en se rejetant brusquement en arrière et en se balançant sur son fauteuil pivotant, je vous écoute...

— Je désire que nous soyons seuls, Monsieur le Commissaire, coupa l'Anglais avec autorité.

Borgier hésita, puis il fit signe au gendarme qui avait accompagné l'inconnu de s'éloigner.

Dès que la porte se fut refermée, Herbert enchaîna :

— Consultez tout d'abord ce document, vous y trouverez ce que vous voulez savoir à mon sujet... Je ne veux pas de malentendu entre nous...

Borgier s'exécuta et aussitôt son attitude changea. Il siffla entre ses dents :

— Un étranger au service de la D.S.T. ! On aura tout vu !

— Très provisoirement... rectifia l'Anglais. Vous comprenez maintenant pourquoi je voulais n'avoir affaire qu'à vous.

— Evidemment... Mais, si je ne m'abuse, il était tout à l'heure question du meurtre de Clothilde de Kéry, et là, je ne vois vraiment pas en quoi cette histoire peut vous intéresser...

— Je ne peux vous mettre au courant de ma mission, car elle est top-secret, répondit Herbert. Sachez seulement que l'auteur de ce crime pourrait être l'homme que nous cherchons... Alors, si vous avez relevé des empreintes ou découvert un indice susceptible de le faire arrêter, j'aimerais que vous me les communiquiez...

L'officier de police se gratta la tête et se leva. Mesurant combien le visiteur était grand et mince, tandis que lui-même était petit et replet, il en éprouva un dépit enfantin. De quoi vous donner des complexes ! Il avait d'autre part une sainte horreur des services d'espionnage. Ses collègues parisiens étaient tellement infatués de leurs pouvoirs qu'un petit commissaire de province n'avait pas grand poids à leurs yeux, pensait-il. Et il allait être obligé de donner le renseignement grâce auquel il espérait depuis le premier jour de l'enquête arrêter le coupable ? Voilà qui suffisait à le révolter.

Seulement, il n'avait pas le choix. S'il refusait d'obtempérer, sa carrière serait irrémédiablement compromise. Voilà qui donnait tout de même à réfléchir, d'autant qu'il ne manquait pas d'ambition...

— Pas d'empreintes... grogna-t-il, mais un simple boutons de manchette, orné, il est vrai, d'initiales entrelacées.

Il le sortit d'un sachet enfermé dans le tiroir de son bureau et le tendit à contrecœur au romancier. Celui-ci l'examina avec attention.

— « T.M. »...

— Si avec ça vous vous y retrouvez...

— Moi, non, mais vous probablement ? coupa Herbert sévèrement, car il percevait les réticences de son partenaire.

Celui-ci leva les bras au ciel :

— Je ne suis pas un phénix et le cas est ardu !

— Pourtant ?

Voyant qu'il ne s'en tirerait pas avec une pirouette, Borgier capitula :

— Vous avez de la chance que je vous serve le résultat de mes investigations sur un plateau !

— Vous n'allez tout de même pas accréditer la thèse qu'il existe une guerre des polices ? Est-ce que ce n'est pas mesquin à souhait ? Je vous rappelle que je ne fais pas réellement partie de la D.S.T., si cela peut vous consoler...

— Bof ! Quelle différence ?

— Malgré mon amateurisme, j'ai une certaine expérience des affaires criminelles, mon cher, poursuivit Herbert Smith, très calme. Et je vais vous le prouver...

Tournant et retournant entre ses doigts le bouton de manchette, il enchaîna :

— Il est bien exact que vous l'avez trouvé chez Clothilde de Kéry ?

— Oui, sous un meuble.

— Exact aussi que ce bouton est en or massif ?

Surpris, Borgier répondit :

— Oui, le bijoutier que j'ai consulté à ce sujet est formel. Intéressant, non ?

— Il n'est donc pas difficile de conclure que l'homme qui le portait est riche, très riche... marmonna Herbert en plissant les yeux, signe chez lui de la plus intense concentration. Que faisait donc ce Crésus chez une femme apparemment aussi démunie que l'était Mme de Kéry ?

— Lui porter secours, peut-être ?

— En tout cas, il n'était pas venu pour la tuer.

— Pourquoi ?

— Parce que, plutôt que de se compromettre, il aurait fait exécuter ce travail par quelqu'un d'autre... Il faut que leur rencontre ait dégénéré en violente dispute pour que l'homme, sous l'empire de la colère, se soit laissé aller à ses instincts...

Borgier commençait à prendre Herbert Smith en considération. L'aisance de l'Anglais, la manière dont il réagissait ne manquaient pas de le surprendre. Lui-même était arrivé aux mêmes déductions, mais dans un laps de temps beaucoup plus long.

Pour avoir le dernier mot, il objecta :

— Rien ne prouve que ce soit l'homme au bouton de manchette qui ait tué cette femme. Il peut lui avoir rendu d'innocentes visites.

— Objection valable. Mais la question demeure : que venait-il faire dans ce taudis, car si j'en crois le récit du journaliste de *Ouest-France*, la victime vivait dans la misère ?

— Absolument.

A présent, les deux hommes en étaient au même point.

Si l'assassin était bien ce « T.M. », comment le retrouver ?

— En recherchant le bijoutier qui lui a vendu ces boutons de manchette...

— Si nous devions interroger tous les bijoutiers de France, cela risquerait de prendre du temps ! s'exclama le commissaire qui jubilait de faire échec à cet Anglais prétentieux.

— Ne me dites pas que vous n'avez pas pensé à consulter d'abord les fabricants. Ils ne sont pas si nombreux que votre tâche soit impossible !

Un éclair de colère anima le regard sombre de Borgier. Il répliqua sèchement :

— Je ne vous ai pas attendu !

— A la bonne heure ! Et le résultat ? Celui qui a créé ce bijou vous a bien donné la liste de ses revendeurs ? Les avez-vous questionnés ?

— Non, pour la bonne raison que ce bouton de manchette n'a pas été fabriqué en France, Monsieur Smith.

L'or employé est titré à 585 millièmes, soit 14 carats, alors que les bijoutiers français utilisent exclusivement de l'or au titre de 750 millièmes... 18 carats... Si vous voulez consulter la liste des pays qui emploient l'or à 14 carats, je peux vous la remettre...

Il y avait beaucoup d'ironie dans cette dernière phrase et Herbert Smith ne s'y trompa pas. Avec un rien de malice, il répliqua :

— Si je comprends bien, vous êtes dans l'impasse ?

— J'avoue qu'à cet énoncé, mes espoirs se sont effondrés. Et vous ne vous montrerez pas plus malin que moi !

— Probablement, dit Herbert qui avait hâte de prendre congé, tant la hargne du commissaire l'insupportait. Mais, on ne sait jamais, vous serez peut-être servi par un hasard heureux. Entre-temps, je vais réfléchir au problème... — Et, comme Borgier s'apprêtait à ranger le bijou : — Un instant... Montrez-le-moi de nouveau, je vous prie...

A regret, il le lui tendit. Herbert le regarda de plus près :

— Auriez-vous une loupe ?

— Voilà...

— Avez-vous remarqué ces striures tout autour des initiales ?

— Oui, un ornement quelconque...

— T. et M. sont inscrits au centre d'un cercle lui-même agrémenté de rayons... Curieux... On dirait...

— Quoi donc ?

— Un emblème...

Le commissaire éclata de rire :

— Que d'imagination ! On reconnaît bien là l'écrivain !

L'Anglais ne se formalisa pas de son ironie, car il avait l'impression de décrypter un message. Peu lui importait à présent que le commissaire se montrât coopératif ou non. L'or donnait aux striures un éclat incomparable qui semblait émaner du centre même de la bague.

« T.M..., pensa-t-il. T.M. et le soleil... »

— Je suppose que vous avez fait faire des photographies de ce bijou ?

— Oui.

— Serait-ce abuser de votre bonté que de vous en demander une ?

— Je n'y vois pas d'inconvénient, à condition toutefois que vous ne la laissiez pas traîner n'importe où...

Herbert haussa les épaules. Pour qui le prenait-on, à la fin ?

Du dossier qu'entre-temps Borgier avait ouvert, ce dernier en retira une épreuve qu'il tendit à l'Anglais. Ce dernier l'empocha prestement, après quoi il se retira non sans avoir indiqué au commissaire où il pourrait éventuellement le joindre, en cas d'urgence :

— Mais plutôt que d'attirer sur vos adjoints l'attention des habitants de Monbourg, il vaudrait mieux que vous m'adressiez un télégramme à la poste restante de Saint-Cast. Je m'arrangerai pour y passer deux fois par jour...

— Bon, approuva l'officier de police en raccompagnant le visiteur jusqu'à la porte de son bureau.

— Eh bien ! au revoir ! dit Herbert. Et souvenez-vous, lorsque vous aurez envie de m'envoyer au diable, que nous avons tous les deux un point commun...

— Lequel ? s'étonna le commissaire.

— Vous et moi, nous sommes des « chasseurs de têtes », mon vieux. Et croyez-moi, rien de tel pour créer des liens !

Chapitre III

Herbert Smith avait eu comme une illumination. L'or dont était fabriqué le bouton de manchette et jusqu'à ce soleil dont il était orné, tout laissait à penser que son propriétaire était non seulement étranger, mais plus précisément qu'il appartenait à une secte religieuse adoratrice de Phébus, à moins que ce ne fût un nostalgique d'une gloire passée dont il portait encore fièrement l'emblème... Et là, l'Anglais ne pouvait s'empêcher d'évoquer certaines civilisations disparues, telles que celles des Aztèques, des Mayas, des Incas... qui, toutes, à l'exemple des anciens Egyptiens, avaient été des adeptes du dieu Soleil.

En d'autres temps, Herbert se serait moqué de ses élucubrations s'il n'avait découvert dans le rapport confidentiel consacré à Larissa de Kéry qu'elle était née au Pérou et se trouvait être l'une des dernières descendantes de ces fameux guerriers incas vaincus par les Espagnols en 1533... On la disait même de lignée royale... De quoi laisser rêveur, si l'on considérait sa condition aujourd'hui.

Etablir une corrélation entre ce bouton de manchette et les origines de Larissa pouvait donner la clef du problème. Encore fallait-il savoir comment l'aborder. Avec ces deux pièces, l'écrivain arriverait-il à reconstituer le puzzle tout entier ? Certes, les difficultés qui l'attendaient ne lui échappaient pas, mais, avant de s'avouer vaincu, ne devait-il pas essayer ?

Il décida de forcer Larissa dans ses retranchements. Ce n'était peut-être pas de cette manière qu'il aurait souhaité commencer son enquête, mais il n'avait guère le choix. Il pensa que le meilleur moment pour lui parler se présenterait à la fin du dîner auquel les Landasle l'avaient convié. Il attendit donc avec une impatience grandissante le lendemain soir.

Jamais Herbert Smith ne s'était senti plus fébrile. Lorsque sa voiture stoppa devant Penroc, il était dévoré de curiosité. Il s'efforça cependant de garder son self-control et d'offrir à ses hôtes l'image souriante qu'ils attendaient de lui.

De nouveau, et bien qu'elle l'eût accueilli avec beaucoup de spontanéité et un réel contentement, il fut frappé de voir combien Muriel était pâle. Sa peau très blanche qu'elle protégeait du vent et des embruns à grand renfort de crèmes semblait presque translucide. Cela lui donnait l'apparence d'une créature éthérée que le moindre souffle risquait de désintégrer. L'enfant qu'elle portait lui ôtait toute grâce et, si elle n'avait pas renoncé au maquillage savant qu'elle employait quand elle exerçait son métier de mannequin-vedette, celui-ci l'enjolivait moins qu'il ne la desservait, car les nausées dont elle était à présent la victime laissaient sur son visage comme un masque ivoirin.

Il était probable qu'elle avait pris plusieurs kilos. Du moins Herbert en jugeait-il ainsi en comparant sa silhouette à celle qu'elle arborait quelques mois plus tôt à la une des magazines de mode... Et surtout, surtout, il y avait dans ses yeux un dégoût de vivre qui aurait frappé ses amis parisiens, s'il leur avait été donné de la contempler.

La réflexion qu'elle avait faite la veille avait peut-être alerté son mari, car plusieurs fois, au cours du dîner, celui-ci lui jeta un regard inquiet.

La jeune bonne avait préparé un repas succulent auquel, seul, Herbert fit honneur. Gautier s'était habitué à un régime dont il ne se départait apparemment plus. La carafe d'eau à sa portée donnait presque mauvaise conscience au romancier qui répugnait à se servir en vin, bien que Muriel l'en eût fort aimablement prié.

— Surtout, faites comme chez vous, Monsieur Smith... articula péniblement Gautier.

Cet homme, écartelé entre deux femmes, n'était pas antipathique, jugea l'Anglais, mais sa maladie semblait être devenue psychique. Il s'y réfugiait pour échapper à ses responsabilités.

S'efforçant à un jugement équitable, Herbert souhaitait vivement l'aider. Pris au piège de Penroc, ces trois êtres vivaient dans l'incertitude de l'avenir, et c'était sans doute cela qui affolait Gautier, minait Muriel, désespérait Larissa....

A la fin du dîner, le jeune maître de maison se proposa de raccompagner chez elle la belle et énigmatique Péruvienne. Herbert vit Muriel pincer les lèvres. Cependant, elle embrassa affectueusement son amie. Quand la lourde porte d'entrée se fut refermée sur eux, l'Anglais devina qu'on allait le prendre pour confident. Et en effet, Muriel murmura :

— Rien de mal ne peut venir d'elle, n'est-ce pas ?

Le sang lui était monté au visage. Herbert lui prit la main :

— Non, je ne le crois pas... Je n'en dirais pas autant de Segonza... Etes-vous sûre de pouvoir tenir jusqu'au bout ? L'homme est redoutable. Il veut cette maison et il fera tout pour l'avoir... Vous et votre mari êtes des obstacles qu'il ne tolérera pas longtemps... Soyez prudents.

Elle approuva sans beaucoup s'étonner qu'il fût au courant de l'affaire. Dès l'abord, il y avait eu entre eux un accord tacite. La présence de cet étranger lui était d'un grand secours. Elle ne savait pas pourquoi il était venu, mais il était là et elle se sentait délivrée d'un grand poids.

Herbert lui baisa la main :

— Considérez-moi comme votre ami, voulez-vous ?

Elle sourit tristement :

— Je crois que je ne serai pas à la hauteur, Monsieur Smith.

— De quoi ?

— L'enfant que je porte m'ôte toute envie de combattre... et... Gautier ne m'aime plus !

Brusquement, elle fondit en sanglots.

— Allons, allons ! protesta Herbert en lui essuyant le visage à l'aide de son mouchoir. Ne doutez pas de sa fidélité. N'affirmiez-vous pas tout à l'heure que rien de mal ne peut venir de Larissa de Kéry ? Or, c'est elle, n'est-ce pas, que vous mettez en cause ?

— Oui... Je la crois loyale, incapable de détruire un ménage. Pourtant... Ah ! comprenez-moi ! Elle est si merveilleusement belle ! Quel homme résisterait à son charme, à cette sorte d'envoûtement qu'elle exerce sur les êtres ? Moi-même n'ai pas su échapper à son attrait. Tout de suite, je l'ai choisie, recherchée...

— Vous en repentez-vous ?

Elle baissa les yeux :

— Non, mais je n'échapperai pas à mon destin...

Herbert ne sut pas ce qu'elle entendait par là, quel pressentiment impossible à réprimer l'étreignait, car Gautier pénétrait dans la salle à manger.

Une grande lassitude imprégnait ses traits. Apparemment, il n'avait pas raccompagné Larissa jusque chez elle... Entre leur départ et son retour solitaire, bien peu de temps s'était écoulé. Sans doute la jeune femme s'était-elle délivré en chemin de sa présence, dans le seul but de rassurer Muriel quant à leurs rapports.

Visiblement, Gautier, loin d'en être heureux, y trouvait un nouveau sujet de tourments. Pour lui non plus, la vie ne valait pas la peine d'être vécue. Ne devait-il pas renoncer à la seule femme qu'il eût jamais vraiment aimée ?

« Quel imbroglio ! pensa Herbert. Une véritable toile d'araignée ! »

Le lendemain, l'écrivain décida de s'en tenir à son programme et d'aller rendre visite à Larissa. Il ne le fit pas, cependant, sans avoir au préalable téléphoné à Jacques d'Orsonval à qui il fit part de ses premières déductions.

— Très fantaisistes ! s'exclama le chef de la D.S.T. Mais il se pourrait aussi que ce soit tout simplement génial ! Quel extraordinaire observateur vous êtes, mon cher Herbert ! Comptez sur moi pour procéder aux vérifications nécessaires. Nous allons fouiller le passé de Larissa, antérieur à son mariage avec Kelvin de Kéry. Qui sait ? Peut-être y découvrirons-nous matière à étayer votre thèse... Entre-temps, essayez de la faire parler... Vous aurez probablement des difficultés, car sa discrétion est maladive. Je vous souhaite bonne chance...

Il y avait dans la voix de d'Orsonval beaucoup de scepticisme, mais il en fallait davantage pour décourager l'homme persévérant qu'était Herbert Smith.

Il se demandait encore de quelle façon il allait aborder la Péruvienne, lorsqu'il arriva en vue du pavillon. En contemplant ce dernier, il comprit qu'il devrait remettre sa démarche à plus tard. Les volets clos témoignaient de l'absence de la jeune femme. Par acquit de conscience, il frappa tout de même à la porte et actionna la poignée, en vain.

Déçu, l'Anglais se résigna à revenir sur ses pas. Ayant emprunté le sentier de chèvre qui longe la falaise, il y découvrit un portefeuille de cuir usagé qu'aussitôt il supposa appartenir à Larissa. C'était en effet par ce sentier qu'elle se rendait à Monbourg. Bien qu'accidenté et difficilement praticable par temps de tempête, il avait le mérite de raccourcir considérablement la distance qui sépare le pavillon du village. Au pied de la falaise, la mer écumait de rage. Herbert se recula vivement, car un vertige l'avait saisi.

Dans le portefeuille, il découvrit un billet de cent francs et des photos que les ans avaient quelque peu altérées. Plusieurs d'entre elles commençaient même à s'effacer. Herbert les examina avec un soin particulier. Il avait soudain l'impression que son enquête allait prendre un tour décisif. Pourtant, il ne s'agissait que d'instantanés de peu d'importance qui représentaient Larissa au bras de son mari. Il les aurait sans doute soigneusement remis en place, s'il n'avait été attiré par une photo plus jaunie que les autres, qui avait dû être de nombreuses fois manipulée, si l'on en jugeait aux cassures dont souffrait la gélatine.

Elle représentait une fillette que dominait la silhouette de deux jeunes garçons à la peau mate et aux abondants cheveux bruns et longs. Ils semblaient à la fois lui servir de gardes du corps et l'écraser de leur supériorité. Tous deux posaient avec un rien de suffisance, une main sur son épaule. Et ce geste paraissait empreint d'une autorité à laquelle la fillette ne pouvait se soustraire. En elle, Herbert Smith était à peu près certain de reconnaître Larissa, bien que ses traits se fussent, avec l'âge, évidemment modifiés.

Dédaignant toutes les autres photographies, l'Anglais

s'empara sans hésiter de cette dernière. Puis il s'assura que rien n'indiquait qu'on avait touché au portefeuille, et il le replaça à même la terre, à l'endroit approximatif où il l'avait découvert. Ensuite, il s'éloigna à grandes enjambées, retrouvant au bord de la lande que le printemps fleurissait sa voiture, garée dans un chemin carrossable.

En un temps record, il se rendit à Dinard où il savait qu'un photographe réputé était installé.

Yan Legoéf donnait l'impression de n'avoir guère plus d'une soixantaine d'années. En fait, il atteignait ses soixante-dix ans et songeait à la retraite. Aucun de ses jeunes collègues n'était capable d'exécuter les travaux minutieux qu'on lui confiait. On venait de loin pour le consulter. Lui seul était assez habile pour agrandir une photographie, même médiocre, sans que les visages fussent pour autant déformés. A l'agrandissement, le manque de netteté risquait en effet de compromettre la ressemblance. Yan Legoéf procédait par étapes, retouchait, améliorait et réussissait ce que divers professionnels se refusaient à tenter, autant par manque de patience et de goût que par ignorance d'un art incontestable, hélas ! en voie de disparition.

— J'en ai vu de plus mauvais ! s'exclama-t-il en étudiant à la loupe l'instantané qu'Herbert venait de lui présenter. Rien de bien extraordinaire, non, mais on peut en tirer quelque chose.

— Parfait, Monsieur Legoéf. Serait-ce trop vous demander que de m'agrandir le visage de ces trois jeunes gens ?

— Le visage seulement ?

— Oui. Et puis aussi la main que le garçon de droite pose sur l'épaule de la fillette. Si je ne me trompe, son annulaire est orné d'une bague... A moins qu'à l'origine, ce ne soit un défaut du cliché ?

Legoéf reprit sa loupe et vérifia la suggestion de l'Anglais.

— Pas de doute ! finit-il par dire. Il s'agit bien d'une bague au chaton volumineux.

— Faites-m'en un agrandissement... Je ne vous donne aucune consigne quant au format... Mieux vaut vous laisser juge.

— Naturellement.

— Un détail : je ne regarde pas au prix, mais je vous

recommande une grande discrétion. D'autre part, il me faut ces épreuves dans les plus brefs délais.

— Ça, c'est une autre affaire !

Malgré cette restriction, Herbert Smith obtint la promesse qu'elles lui seraient livrées dans les deux jours. Deux jours qui, d'ores et déjà, ne manqueraient pas de lui paraître longs !

Pourtant, la journée du lendemain s'envola à une vitesse étonnante, et le surlendemain un événement imprévisible se produisit, dont Herbert devait à jamais garder le souvenir... Un événement qui le glaça d'horreur et endeuilla Penroc, comme si la vieille demeure, à l'exemple d'un monstre inassouvi, eût réclamé une nouvelle proie...

On était mercredi et Herbert marchait de long en large dans son minuscule appartement. Il avait à peu près épuisé toutes les distractions que pouvait lui offrir la région, y compris les bains de mer, le ski nautique et la planche à voile. Quant à l'admiration qu'il portait au paysage, elle s'était concrétisée sur la pellicule que contenait son Zeiss Icon.

Lui restaient les bavardages avec le brave curé Bellou et sa logeuse... La veille, les Leguérec l'avaient invité à un thé aussi conventionnel qu'insipide, pendant lequel il avait surtout servi de cible à la curiosité d'autrui. Bien qu'il fût habitué à faire face aux questions quelquefois indiscrètes de ses lecteurs, Herbert avait cette fois-ci réagi avec nervosité, préoccupé qu'il était par ce qui n'allait pas manquer de se produire à la fin de la semaine... D'après les calculs de Jacques d'Orsonval qui savait, grâce aux rapports de « Providence », que les trafiquants agissaient à intervalles réguliers, la marchandise repartirait de Penroc ce samedi, d'autant que la météo annonçait une mer calme. La lune serait à son dernier quartier, ce qui signifiait une période de mortes-eaux, et par voie de conséquence un meilleur accès à la grotte. Après avoir mûrement réfléchi, d'Orsonval avait décidé de tendre un piège aux hommes de main de Segonza, mais ce coup de force n'avait des chances de réussir que si rien ne venait perturber ces derniers dans leurs habitudes.

Herbert était en partie chargé de veiller sur les habitants de Penroc, et, au besoin, de neutraliser le trop impulsif Gautier.

Bien que l'écrivain eût été cordialement convié par Muriel à venir lui rendre visite aussi souvent qu'il lui plairait, il hésitait cet après-midi-là à profiter de cette invitation.

« Surtout, ne pas paraître importun ! » se disait-il en modérant ses élans. Mais, soit que l'inaction lui pesât, soit que l'atmosphère captivante de Penroc lui manquât, il ne put résister à la tentation.

Un quart d'heure plus tard, il s'arrêtait devant la demeure.

Comme il coupait le contact de la Porsche, Gautier sortit sur le perron et vint à lui :

— Auriez-vous vu ma femme ? Je devais l'emmener vers seize heures consulter un médecin-accoucheur. Elle se porte très mal depuis quelque temps, enchaîna-t-il volubilement. Elle est partie à travers la lande, histoire de s'aérer un peu, mais il y a plus d'une heure et je commence à m'inquiéter.

— Elle a peut-être rencontré Mme de Kéry ? Vous savez combien les femmes sont bavardes...

— Muriel est la ponctualité même...

Une lueur d'inquiétude dansait dans son regard. Ses gestes étaient fébriles et sa voix rauque.

— Pourquoi ne pas aller à sa rencontre ? suggéra l'Anglais. Je vous accompagnerai bien volontiers.

— Oui... Tout plutôt que cette attente interminable !

Ils prirent donc à travers bois le sentier qui conduit au pavillon. Silencieux, Gautier avait relevé le col de son blouson de cuir. Le vent sifflait au-dessus de leur tête en agitant la cime des arbres, et lorsqu'ils se trouvaient à découvert les frappait de plein fouet.

— Il pleuvra sous peu...

— Sûrement, approuva Herbert en contemplant à l'horizon un amoncellement d'écume que la mer charriait.

A présent, ils marchaient au bord de la falaise.

— Quel paysage grandiose ! On ne s'en lasse pas !

Gautier grogna quelque réponse que le romancier ne saisit pas. Laconique, on ne pouvait l'être davantage. Pourquoi le retard de sa femme le préoccupait-il à ce point ?

Peu à peu, il hâtait le pas, si bien qu'Herbert, malgré ses larges foulées, avait de la peine à le suivre.

— Le temps est réellement menaçant. Votre épouse se sera réfugiée au pavillon.

— Dieu vous entende !

Lorsque enfin ils atteignirent la retraite de Larissa, ils purent constater que la jeune femme en était absente. Cependant, elle ne devait pas s'être beaucoup éloignée, car, d'habitude elle fermait ses volets.

Or, seule la porte était close.

— Muriel sera passée d'un autre côté, suggéra Herbert.

— Non, dit Gautier. Il n'y a pas d'autre chemin pour rejoindre Penroc que celui que nous avons emprunté. Il dégringola les trois marches du perron et se hâta de faire demi-tour. Son impatience, sa fébrilité finissaient par déteindre sur l'Anglais qui le rattrapa rapidement.

— Il lui est arrivé quelque chose... Je suis sûr qu'il lui est arrivé quelque chose... Elle a pu s'évanouir et tomber...

Herbert tressaillit. Il entrevoyait le péril qui guettait la jeune femme, si elle s'était malencontreusement trouvée mal sur le chemin de la falaise.

Coudes au corps, les deux hommes marchaient aussi vite que le vent le leur permettait. La mer en furie s'élançait à l'assaut des rocs rouges, les maculait d'algues visqueuses enroulées sur elles-mêmes tels des serpents.

— Votre femme sera rentrée à Penroc... Ne vous inquiétez plus... hurla Herbert pour se faire entendre de son compagnon.

— Quoi ?

— Elle est sûrement à Penroc ! répéta-t-il en désignant la demeure qui entrait à présent dans leur champ de vision.

Mais ces derniers mots s'étranglèrent dans sa gorge. En longeant le précipice, ne venait-il pas d'apercevoir un foulard rouge que la bourrasque en contrebas agitait comme un drapeau, retenu qu'il était par quelques branches épineuses ?

— Là ! dit-il en retenant Gautier par la manche. Regardez !

Un instant pétrifiés, les deux hommes ne pouvaient s'arracher au spectacle qui venait de surgir devant leurs yeux. Sur une étroite plate-forme abritée du vent par un rempart de rocs pointus gisait Muriel. Elle avait fait une chute de six mètres au moins.

— Non ! cria Gautier. Non !

Et, comme un fou, il s'élança dans l'abîme, s'agrippant aux maigres arbustes et aux pierres immuables, suivi de très près par l'Anglais qui, de sa vie, n'avait éprouvé une aussi grande angoisse.

— Muriel ! Mon Dieu ! Muriel ! Parle-moi ! Es-tu blessée ? Souffres-tu ? Je suis là, mon petit, je suis là !

Gautier s'était jeté sur le corps de sa femme et, l'attirant à lui, la berçait doucement.

La vérité ne s'imposait pas à son cerveau dont la raison en cet instant vacillait.

— Laissez-la... dit Herbert. Si elle n'est que blessée, vous risquez de lui faire plus de mal que de bien...

Hagard, Gautier se redressa aussitôt. Quand le romancier, après avoir tâté le pouls de la jeune femme et écouté son cœur, eut la certitude que tout était fini, le sang se retira de ses joues et de ses lèvres... Sur celles de Muriel, la Mort avait laissé une crispation d'horreur, horreur qui se reflétait également dans ses yeux.

— Morte ?

Un instant, la mer et le vent semblèrent respecter le bouleversement de Gautier, si bien que ce mot résonna dans l'air salin avec la force d'un glas.

— Ce n'est pas possible !

Et soudain Herbert s'avisa de la brindille que la jeune femme tenait encore dans sa main droite.

— Qu'est cela ? dit-il en s'écartant avec précaution.

Sur la roche sablonneuse que les deux hommes avaient en partie piétinée, la blessée, juste avant de mourir, avait tracé à l'aide de ce providentiel morceau de bois un grand *L* inachevé...

TROISIEME PARTIE

RECIT D'HERBERT SMITH

Chapitre premier

Tout ce qui arriva ensuite se passa comme dans un rêve...

Je vis Gautier pâlir, reculer en titubant et s'adosser à la paroi rocheuse. Il ne pouvait détacher son regard du *L* que Muriel avait tracé sur le sable. Elle n'avait pu écrire entièrement le nom de son assassin, mais elle l'avait désigné... Un rapide examen me fit prendre conscience que personne autour de nous ne possédait un prénom ou un nom comportant cette initiale... Personne, sauf Larissa de Kéry... Elle, toujours elle ! C'était à n'y pas croire !

Fou de douleur, Gautier l'était, partagé entre le désespoir et un ressentiment qui grandissait de minute en minute. Il suffisait de voir ses traits se déformer, ses poings se serrer, ses yeux virer à l'orage, pour deviner qu'il s'apprêtait à commettre un acte irréfléchi. En cet instant il haïssait Larissa aussi sûrement qu'il l'avait aimée. L'indulgence qu'il éprouvait à son égard, la certitude qu'elle avait toujours été innocente des crimes dont on l'accusait, s'évanouissaient devant l'horrible spectacle dont nous étions les témoins...

— L... murmura-t-il. L comme Larissa...

Reculer devant la vérité ? Nier ce qui était l'évidence ? Je ne m'en sentais guère le courage, et cependant rien d'irréparable ne devait être tenté contre la jeune femme, tant que nous n'aurions pas arrêté les trafiquants. D'un mouvement preste du pied, j'effaçai la seule preuve qui existât contre elle. Gautier se jeta sur moi :

— Vous aurez beau faire, elle ne s'en sortira pas comme ça ! Je la dénoncerai, entendez-vous ? N'a-t-elle pas assez fait de mal autour d'elle ? Muriel sera vengée. Je le jure !

Il se jeta sur les rochers et commença à grimper. Je le rattrapai à mi-hauteur et l'obligeai à redescendre, quand il me lança un coup de poing que je parai habilement. Il se débattait avec tant de violence que je dus lui faire une torsion du bras pour l'immobiliser.

— Ecoutez-moi ! dis-je en réussissant à le plaquer contre la paroi. Vous ne songez qu'à vous, à votre subite soif de justice. Mais il y a d'autres intérêts en jeu, plus pressants que votre désir de vengeance... Avez-vous pensé au nombre incalculable de femmes, d'hommes et d'enfants qui se feront tuer si nous laissons la cargaison d'armes que recèle la grotte de Penroc arriver à destination ?

Ma subite révélation le laissa quelques instants silencieux. Il essuya ses larmes du revers de la main et me fixa avec crainte :

— Qui êtes-vous ? finit-il par dire. Pour qui travaillez-vous ?

Je le lâchai, certain qu'à présent il m'écouterait.

— Vous avez prévenu la D.S.T. Ils m'ont envoyé...

— Un écrivain ! Je ne comprends pas...

— Ce n'est pas utile... dis-je en haussant les épaules. Sachez simplement que nous approchons du dénouement... J'ai ordre de vous empêcher de faire des bêtises... Si vous dénoncez Larissa, rien n'ira comme nous l'espérons.

— Elle est la complice de Segonza, de Serdriguez..

— Nous préparons un coup de filet qui mettra tout ce beau monde hors d'état de nuire plus longtemps. Mais pour cela, j'ai besoin qu'elle soit libre...

— Pourquoi ?

— Je vous l'ai dit. Rien ne doit entraver la bonne marche des opérations. Les trafiquants ont l'habitude de travailler de conserve avec elle. Son absence pourrait les amener à modifier leurs plans. Nous ne pouvons courir ce risque.

— Comment pouvez-vous protéger une criminelle ?

Elle a tué Muriel et l'enfant qu'elle portait. L'oubliez-vous ?

— Non, dis-je en hochant la tête. Mais il y a un temps pour tout. Elle sera jugée équitablement.

— Témoignerez-vous ?

— Je pense que je n'ai pas le choix...

Le soupir que je poussai en disait long sur mes regrets. Gautier hors de lui m'invectiva de nouveau. Il éclata d'un rire cynique :

— Ne me dites pas qu'elle vous a envoûté, vous aussi !

— Je ne sais pas pourquoi, mais dans cette affaire quelque chose me chiffonne. Je ne peux imaginer Madame de Kéry poussant votre femme dans le vide. Aussi éprise qu'elle soit de vous, aussi grand que soit son désir de vous libérer de liens conjugaux qui, avouez-le, ne vous enthousiasmaient pas, elle n'aurait pas risqué d'attirer de nouveau sur elle l'œil de la police. Pouvait-elle vraiment se permettre de déclencher un autre scandale ? N'aurait-il pas été beaucoup plus simple que vous divorciez pour l'épouser ? Car, si elle vous l'avait demandé, vous n'auriez pas hésité un seul instant à vous séparer de Muriel, persuadé qu'après tout vous aviez fait votre devoir envers cette dernière. Est-ce que je me trompe ?

Gautier baissa la tête. Etonné de me voir au courant de ses amours, il ne chercha pas à nier. Cependant, il objecta :

— Sans doute ne pouvez-vous pas comprendre que l'on puisse avoir deux femmes dans sa vie ?

— Oh si ! dis-je. Hélas ! la passion que vous inspire Mme de Kéry est un feu qui consume tout. Vous voulez la voir payer pour son crime, mais lorsque vous l'aurez acculée à la guillotine, vous êtes fort capable de vous suicider...

Je lui parlais d'un ton sévère dans le but de le raisonner. Il jeta un regard rapide au cadavre et se détourna. Je l'entraînai :

— Venez... Ne restons pas ici plus longtemps...

— Qu'allons-nous faire ?

— Appeler un médecin qui constatera « l'accident » dont votre femme a été la victime. Elle était sujette à des malaises, m'avez-vous dit. On conclura qu'elle s'est trouvée mal en longeant le sentier. Il n'y aura pas d'enquête... du moins pour le moment...

Il acquiesça. J'avais l'impression de l'avoir dompté. Son apparente docilité, son abattement étaient plus émouvants que sa colère. Je le plaignis sincèrement.

Dans l'heure qui suivit, le docteur Leguérec constata le décès. On transporta la jeune morte jusqu'à Penroc où commença la veillée funèbre. Quand Larissa se présenta, je ne pus empêcher Gautier de la rejeter, comme on repousse les démons de la création.

— Va-t'en ! lui dit-il. Ne reparais plus devant mes yeux !

Et il lui claqua la porte au nez. Sans me préoccuper de sa colère, je rattrapai la jeune femme au bord de la lande. De gros sanglots la secouaient toute. Je la pris par les épaules et la scrutai.

— Pourquoi ? me demanda-t-elle. Pourquoi cette haine ? Qu'a-t-il donc contre moi ?

En quelques mots brefs, je la mis au courant, sans omettre de lui parler du fameux *L* tracé par Muriel.

Brusquement, Larissa s'était dégagée. Elle me dit, et sa voix tremblait :

— Je ne l'ai pas tuée, Monsieur Smith. Il est impossible que vous le pensiez ! Et comment Gautier a-t-il pu, lui, se laisser influencer au point de me renier sans m'entendre ? Ah Dieu ! la Fatalité s'acharnera-t-elle donc toujours sur moi ? Ne suis-je venue au monde que pour la subir ?

Sa détresse était si poignante que je ne la jugeai pas feinte. Etait-il possible qu'elle ne fût point coupable ? Mais alors, Muriel... ? Pas davantage je ne la croyais capable d'une telle machination. La jalousie ne pouvait lui avoir inspiré au moment de mourir des pensées de vengeance... C'était contraire à sa nature, contraire à l'affection sincère que lui avait inspirée Larissa...

Mon désarroi devait se lire sur mon visage. Quant à ma compagne, elle continuait de pleurer doucement et ces larmes qui glissaient une à une sur ses joues semblaient la laver de tous péchés, la purifier. Elle regardait droit devant elle et ne s'occupait plus de moi. Le ciel pleurait aussi. Un petit crachin s'abattait sur nos épaules, communiquait à notre corps le froid qui régnait dans nos âmes. A l'approche de la nuit, le vent s'était tu. Il n'osait élever la voix contre Larissa, l'accuser. Je décidai de me montrer circonspect et d'attendre, bien qu'un miracle me parût impossible...

La jeune femme s'écarta et se mit à marcher sans but. Je la rattrapai, la forçai à m'écouter :

— Je suppose que vous n'avez qu'une envie... Partir, échapper au regard accusateur de Gautier... Mais que vous soyez innocente ou coupable, vous vous devez à votre mission.

Elle tressaillit. J'insistai :

— Vous n'avez pas le droit de vous dérober à votre devoir. Sans vous, des milliers d'êtres humains subiront un sort injuste. Vous le savez... Vous n'ignorez pas non plus que le gouvernement français a décidé d'intervenir...

— J'ai si peu d'importance... me lança-t-elle avec amertume, comprenant enfin quel rôle je jouais sous le couvert de vacances bien méritées.

— Oseriez-vous prétendre que la Providence ne sert à rien ?

Elle eut un sourire tremblant. J'en profitai pour enchaîner :

— Jusqu'ici, vous n'avez reculé devant rien, risquant toutes les fois votre vie dans l'espoir de nous livrer un jour le réseau tout entier.

— J'ai échoué... Je ne sais toujours pas qui est à la tête de ce trafic d'armes. Votre « Providence » a perdu de son efficacité, ajouta-t-elle en secouant la tête. Il n'est que de me voir... Les événements m'ont vaincue.

— Non ! protestai-je ! Non ! Vous pouvez encore beaucoup pour nous. Cet homme qui se mêle quelquefois aux trafiquants et dont la tête est toujours munie d'une cagoule, nous ne le raterons pas cette fois...

— Sa voix... murmura-t-elle. Où ai-je entendu sa voix ? Il y a des mois que je m'interroge à ce sujet. En vain...

— Il se pourrait que nous puissions donner une réponse à votre question avant samedi. Et pour commencer, savez-vous ce que nous avons trouvé sous un meuble, dans l'appartement de votre belle-sœur ?

— La corde avec laquelle on l'a étranglée ?

— Non ! Beaucoup mieux que cela, ma chère. Mais je ne vous en dis pas davantage pour l'instant... Et maintenant, venez avec moi. Nous allons dîner quelque part, puis je vous ramènerai chez vous. Fasse le ciel que votre cauchemar se termine enfin !

— J'ai beau travailler pour la D.S.T., Monsieur Smith, rien ne prouve que je n'ai pas commis les crimes dont on m'accuse. C'est ce que Jacques d'Orsonval pense, n'est-ce pas ? bien qu'il soit intervenu pour que je ne sois pas inquiétée...

— Il ne croit rien de semblable. J'ose même dire qu'il a une grande affection pour vous, si ce n'est de l'amour...

— De l'amour ? s'étonna-t-elle. Il ne m'a vue qu'une seule fois !

Je m'étonnai de sa naïveté. Ignorait-elle la forte impression qu'elle faisait sur les êtres ? Moi-même n'échappais pas à son charme étrange...

— Jacques est un bel homme... reprit-elle.

— Mais vous aimez Gautier.

— Oui. Plus que ma vie.

Elle avança en silence. Je la suivis, la guidant vers ma voiture. Passivement, elle y monta, après s'être un bref instant retournée. Là-haut, dans la chambre aux murs nus, la lumière des candélabres installés au pied du lit où reposait Muriel tremblotait...

Les yeux de ma compagne s'étaient de nouveau embués de larmes. Je lui pris la main. Elle me remercia d'un sourire tendre et malheureux qui me fit mal. J'embrayai brutalement. J'avais l'impression que notre immobilisme empêchait le temps d'avancer. Conduire vite, très vite, l'obligerait à fuir, tels ces arbres qui, de chaque côté de la route, défilaient à présent dans l'encadrement des portières...

— Si vous n'y voyez pas d'inconvénient, nous irons jusqu'à Dinard, dis-je. J'ai une course à faire que je ne peux remettre à demain...

— A cette heure-ci ? Tout sera fermé quand nous arriverons... s'étonna-t-elle.

— Le commerçant chez qui je vais habite au-dessus de son magasin. Il finira bien par m'ouvrir...

Pour rien au monde je n'aurais en effet remis ma visite à Yan Legoéf. Probablement incapable de donner une explication aux documents qu'il allait me remettre, je pourrais du moins y découvrir la confirmation de ce que j'avais, de toutes pièces, imaginé, et cette perspective me mettait dans un grand état d'excitation.

Ma compagne, heureusement, respecta mes pensées.

En chemin, nous n'échangeâmes pas trois paroles, bien qu'entre nous l'ombre de Muriel planât.

Arrivé à Dinard, je trouvai non sans mal une place avenue de Verdun. Laissant Larissa dans la voiture, je m'acheminai à pied jusqu'au boulevard Albert-Ier. Il était près de vingt heures, mais Yan Legoéf avait des horaires très larges et il était probable qu'il m'attendait, car son enseigne brillait de tous ses feux.

Quand je pénétrai dans le magasin, la sonnette tinta joyeusement ; presque aussitôt parut l'homme dont j'attendais des miracles. Il m'accueillit avec un « Ah ! » de soulagement.

— Je commençais à fulminer contre vous ! me dit-il sans ambages. Si nombreux sont les clients qui me demandent comme une grâce de les servir avant les autres et qui ne viennent pas pour autant chercher ce qu'ils ont commandé !

— Je ne suis pas de ceux-là...

— Non... Enfin ! Attendez une minute...

Il disparut dans l'arrière-boutique et revint porteur des agrandissements que j'attendais.

De la taille d'un livre, ces derniers ne paraissaient pas au premier abord « spectaculaires ». Et cependant ! Ce qui me frappa, je l'avoue, ce ne fut pas le visage des deux jeunes garçons qui semblaient maintenir la fillette sous leur joug, mais bien cette dernière en qui je reconnus tout de suite Larissa. A la rigueur, j'estimai que le plus grand lui ressemblait. L'autre m'était parfaitement inconnu. Ce n'était pas le cas, cependant, pour la bague qu'il semblait arborer fièrement. La macrophotographie mettait en valeur deux initiales que je connaissais bien pour les avoir contemplées sur un certain bouton de manchette... Deux initiales entourées d'un disque, lui-même orné de rayons ! Ah ! j'aurais embrassé Yan Legoéf si mon flegme tout britannique ne s'était formellement opposé à ce genre de démonstration. Je me contentai de lui serrer cordialement la main en le félicitant chaleureusement. Après quoi j'acquittai la coquette somme qu'il me demanda, sans sourciller. N'était-il pas normal qu'un travail aussi minutieux fût bien rémunéré ? Et la D.S.T. avait les moyens de payer...

— Je vois que vous êtes satisfait... me dit Legoéf avec un large sourire.

— Vous ne pouvez savoir à quel point ! m'exclamai-je, tandis qu'il glissait dans une enveloppe — qu'un cartonnage rendait rigide — les fameuses épreuves.

J'y écrivis l'adresse de Jacques d'Orsonval et la cachetai soigneusement.

— Espionnage, hein ? me dit Legoéf en clignant de l'œil.

— Oui, avouai-je en baissant la voix. Et surtout pas un mot !

— Les photographes sont comme les médecins : tenus au secret professionnel. Sinon, nous ferions se battre des montagnes !

— Avez-vous des timbres ? demandai-je. Il faut absolument que je mette cette enveloppe à la poste ce soir...

— Tenez, voilà votre bonheur...

Lorsque j'eus terminé, il me tendit la petite photographie que j'avais trouvée dans le portefeuille de Larissa :

— N'oubliez pas l'original...

— Merci, dis-je. C'est un plaisir de travailler avec vous.

Ayant pris congé, je me hâtai jusqu'à la grande poste qui, heureusement, se trouvait sur mon passage. Quelques instants plus tard, je rejoignis ma compagne. Tout de suite je vis en ouvrant la portière de la Porsche qu'elle ne s'était pas privée de sangloter pendant mon absence. La lumière du tableau de bord éclairait son visage fripé.

— Je vous en prie, Monsieur Smith, ramenez-moi chez moi. Je ne peux aller au restaurant dans l'état où je suis.

— Taratata... Essuyez-vous et poudrez-vous un peu. Il n'y paraîtra plus.

Des poches de sa cape, elle sortit un poudrier et un bâton de rouge à lèvres. Ce sommaire raccord à sa beauté eut tout de même le mérite de la calmer un peu. Par la suite, bravement, elle se retint de pleurer. Je la remerciai en l'embrassant sur la joue. Le parfum de sa peau m'enivra. Ah ! que Gautier avait donc de la chance d'être aimé de cette femme... Une fois de plus, je la mettais dans le clan des victimes, des persécutés... Me résoudrais-je jamais à témoigner contre elle ? Ce *L* que j'avais effacé sur le sable était-il à lui seul le signe de sa condamnation et de sa perte ?

Nous dînâmes dans un petit restaurant, près de la plage de Saint-Enogat. Au dessert, un peu de rose était monté aux joues de Larissa. Evitant de parler de Muriel, je ne l'avais pas davantage entretenue de Gautier. Par crainte des oreilles indiscrètes, nous ne prononçâmes pas le nom de Penroc, bien que notre conversation fût axée sur ce sujet.

— Je voudrais vous montrer quelque chose... enchaînai-je, et, fouillant prestement dans mon portefeuille, j'en retirai la photographie du bouton de manchette que m'avait confiée le commissaire Borgier.

A sa vue, Larissa écarquilla les yeux, porta une main à sa gorge et ouvrit la bouche comme un poisson qui manque d'air. En même temps, elle fut sujette à un vertige et je n'eus que le temps de l'attirer sur ma poitrine. J'appelai le garçon :

— Un peu de vinaigre, vite ! Madame se trouve mal !

Mais déjà la jeune femme se reprenait. Je la sentis se raidir entre mes bras.

— Ce n'est rien... dit-elle d'une voix rauque. Rien du tout. Il fait si chaud ici !

— Etes-vous sûre, insistai-je, que seule la chaleur est la cause de votre malaise ?

Détournant son regard, Larissa ne répondit pas à ma question.

Chapitre II

Il m'était maintenant impossible de forcer les événements, mais ma fébrilité augmentait d'heure en heure.

Le samedi suivant, Muriel fut enterrée dans le petit cimetière de Monbourg, à la suite d'une cérémonie émouvante, aussi simple que l'avait été la jeune femme sous des dehors frivoles et mondains. Nombreux étaient ses collègues de travail qui, prévenus d'urgence par Gautier, avaient tenu à l'accompagner jusqu'à sa dernière demeure. Les maisons de couture parisiennes avaient bien fait les choses : innombrables étaient les fleurs qui jonchaient la tombe. Chacun, cependant, dut s'en retourner comme il était venu, car le jeune veuf ne semblait guère disposé à héberger tous ces gens... J'avoue que je l'encourageai vivement dans ce sens. N'était-ce pas cette nuit-là qu'à Penroc une grave partie se jouerait ? Jacques d'Orsonval comptait sur moi pour que nous ayons les coudées franches. Evidemment, ni lui ni moi n'avions prévu le décès de Muriel... Enfin, nous espérions que le crépuscule ramènerait le calme à Penroc, condition indispensable pour que le piège dont nous avions minutieusement prévu tous les ressorts pût fonctionner à l'heure H.

Justine qui ne cessait de pleurer n'avait rien prévu pour le dîner de Gautier. Elle le lui dit d'une pauvre voix qui l'agaça, si bien qu'il la rabroua ; non qu'il eût le moins du monde envie de se mettre à table. Il avait surtout besoin d'être seul. Je pris sur moi de donner à Justine sa soirée. Puis, je ne tardai pas à m'éloigner, au grand soulagement du jeune homme qui semblait rendre la terre entière responsable de son malheur.

Rapidement, je regagnai mon chez-moi. A peine descendu de voiture, je fus assailli par une forme mince qui se pendit à mon bras. Je m'attendais si peu à voir la fille de ma logeuse que je m'exclamai :

— Yvette ! Que diable fais-tu ici ?

— Je vous attendais...

— Moi ? m'étonnai-je.

— Oui, vous... Sur le moment, je ne voulais pas vous en parler, mais j'ai réfléchi. Ce pauvre M. Gautier a un si grand chagrin ! Et Maman dit qu'il ne méritait pas ça ! « Elle » ne sait pas que je l'ai vue, sinon elle serait bien capable de me gifler, cette chipie ! Et maintenant, c'est... c'est une criminelle...

A ces derniers mots, mon sang n'avait fait qu'un tour. J'attirai Yvette dans le renfoncement de la porte cochère :

— Bon sang ! Qu'es-tu en train de me dire ?

— La vérité !

— Attends ! dis-je en sortant fébrilement de ma poche la clef de mon logis, tu vas me répéter tout cela à l'intérieur. Est-ce que ta mère est au courant ?

— Non. C'est mon secret.

— Et tu veux bien le partager avec moi ?

L'adolescente haussa les épaules, et, avec de grands airs :

— Evidemment, puisque je suis là !

Je la poussai dans le corridor dont je m'empressai de tourner le commutateur :

— Eh bien ?

— Mercredi dernier, j'avais fini mes devoirs et je m'ennuyais. Nathalie, ma meilleure amie, était au lit avec la grippe... Ne sachant que faire, je suis allée me promener sur la falaise et c'est là que je les ai vues, toutes les deux... Elles semblaient se disputer...

— Qui, « elles » ?

— Ben, Madame Landasle et Sandrine Leguérec. Soudain, Muriel se mit à courir droit devant elle. Malheureusement elle glissa et se retrouva au bord du précipice. Je vis que Sandrine se penchait pour essayer de l'attraper par les épaules et de la tirer en arrière, mais brusquement elle sembla changer d'avis et elle la poussa dans le vide... Voilà.

— En es-tu sûre ? insistai-je, empli à la fois d'un écœurement indicible et d'une grande allégresse. Accepterais-tu de répéter ton récit devant les gendarmes ?

— Oui, si vous venez avec moi...

Je me laissai aller contre le mur, le front moite de sueur.

— Hé ! Ça ne va pas ?

Yvette me regardait avec inquiétude. Je lui tapotai la joue :

— Je songe aux grands malheurs qui n'auraient pas manqué de se produire, si tu n'avais pas été là... Mais pourquoi ne m'as-tu rien dit plus tôt ?

Sans répondre à ma question, elle enchaîna :

— J'ai encore quelque chose à vous avouer. Cette histoire-là remonte plus loin... Ma mère et moi, nous avions été rendre visite à Marie Adec... vous savez, la bonne de M. de Kéry... La maison était depuis longtemps déserte... Il n'y avait plus qu'elle qui y vivait... et elle était rudement malade, la pauvre ! Nous pensions qu'elle ne passerait pas la nuit. On aurait dû appeler le médecin et le curé, mais elle ne voulait pas. Elle disait qu'elle s'en sortirait et qu'il était inutile de rester auprès d'elle. On s'en retourna donc comme on était venues. Mais dans la soirée, Maman me pria d'aller jusqu'à Penroc. « Porte un peu de bouillon à la Marie. Tu lui feras réchauffer sur place. » Je n'en étais guère enchantée, pourtant je pris mon vélo et me rendis là-bas...

Yvette avala sa salive. Nul doute qu'elle gardait de ces instants une pénible vision.

— Tu l'as trouvée morte ? questionnai-je.

— Oui... Elle était toute jaune, et elle avait la bouche ouverte... La peur me cloua sur place, juste le temps de remarquer qu'elle avait un crayon à la main et qu'un cahier avait glissé sur le parquet, près du lit. Je m'en emparai. Sur la couverture, la Marie avait écrit : « Pour le curé Bellou »...

— Lui as-tu porté ?

— Non.

— Pourquoi ?

— Parce que je voulais le lire avant.

— Et tu l'as lu ?

— Non. Toutes les fois que je l'ouvrais, je la revoyais qui me fixait avec un drôle de regard, Monsieur Smith... J'en tremblais de la tête aux pieds. Alors, j'ai enfermé le cahier dans mon armoire de chambre, sous une pile de linge, et j'ai essayé de l'oublier.

— Apparemment, tu n'y as pas réussi...

Elle secoua ses nattes :

— Est-ce très mal ce que j'ai fait là ?

— En me faisant cette confession, tu t'es rachetée. Il faut maintenant que le journal de Marie Adec soit confié au curé Bellou, comme elle en avait décidé. Tu peux être sûre qu'il en fera bon usage.

— Je vais aller le chercher, si vous voulez...

— Laisse-moi t'accompagner...

— Vous direz à Maman de ne pas me disputer ? supplia-t-elle.

— Sois sans crainte. J'y veillerai...

Nous partîmes d'un bon pas à travers les rues du village déjà désertes, bien que la nuit ne fût point tout à fait tombée. J'avais hâte de posséder le fameux cahier de Marie Adec, car, bien entendu, je comptais le parcourir avant de le remettre au curé. J'étais sûr qu'il nous apporterait des éclaircissements. Tout ce qui touchait de près ou de loin à Larissa de Kéry, notre chère « Providence », me paraissait empreint d'un grand intérêt. La détresse poignante de la jeune femme me touchait beaucoup.

Comprendrais-je ses mobiles ? J'avoue que jusqu'ici ce n'était pas ce qui m'avait le moins tracassé...

Nous arrivions devant l'épicerie-bazar. Yvette en poussa la porte attenante et cria :

— C'est moi, Maman ! Monsieur Smith voudrait te parler....

Rosalie Lanné sortit de la cuisine. Elle avait encore une pomme de terre et un couteau à la main.

— Asseyez-vous, me dit-elle, en s'en débarrassant promptement et en s'essuyant les mains dans son tablier.

— Pardonnez-moi de vous déranger, Madame...

S'avisant soudain de mon air solennel, elle prit place à son tour dans le fauteuil qui faisait face au mien. Yvette resta debout.

— Voilà ce qui m'amène, dis-je, sans chercher à tergiverser. Votre fille et moi venons d'avoir une conversation de la plus haute importance. Elle vient de m'annoncer qu'elle a été témoin d'un crime...

— Un crime ! O mon Dieu ! Mais comment cela est-il possible ? Personne n'est mort assassiné dans notre petit village...

Je la détrompai aussitôt, lui révélant que Muriel avait été la victime d'un mystérieux agresseur, et je demandai à Yvette de répéter ce qu'elle m'avait confié. Elle le fit dans les mêmes termes. Rosalie Lanné s'écria :

— Sandrine Leguérec ! Est-ce possible, Monsieur Smith ?

— Oui, dis-je fermement.

Puis, je lui parlai de la lettre tracée par Muriel sur la roche sablonneuse :

— Gautier Landasle et moi l'avions prise pour un L majuscule, mais c'était un S, Madame Lanné. S, comme Sandrine... Et d'autre part, nous n'avons aucune raison de douter de la parole de votre fille...

— La petite a des défauts, mais elle n'est pas menteuse ! approuva-t-elle en prenant l'adolescente par la main.

D'un signe, je priai Yvette d'aller chercher le cahier de Marie Adec, car l'heure tournait... Entre-temps, j'expliquai brièvement à ma logeuse de quoi il s'agissait.

Si la jeune fille eut droit à quelques remontrances, ce fut sans éclats de voix.

Je quittai les deux femmes, en les assurant que le curé Bellou serait mis au courant dès le lendemain.

— Ce que vous ferez sera bien, Monsieur Smith, m'assura Rosalie Lanné. Vous êtes mieux placé que nous pour juger de ces choses...

Un quart d'heure plus tard, ayant regagné mon modeste logis, je me lançai dans la lecture du journal de cette « bonne vieille Marie », comme l'appelaient encore affectueusement les villageois.

En quelques pages, une dizaine, je crois, Marie Adec confessait ses péchés...

Vous souriez avec indulgence ? Sans doute croyez-vous aussi que Marie Adec se faisait une montagne de petits riens ?

Eh bien, détrompez-vous ! Devant moi s'étalait l'aveu de ses crimes, ceux que l'on avait injustement imputés à Larissa !

Avec complaisance, elle s'expliquait.

Il lui avait été si facile de droguer le cheval d'André de Kéry... Si facile aussi d'ajouter à la nourriture qu'elle préparait à Kelvin le lent poison qui l'avait conduit à la mort... Seul Gontran s'était bel et bien suicidé.

« Il n'avait pas la tête solide, le pauvre ! »

Marie continuait sur sa lancée. Elle expliquait le pourquoi de ses actes :

« Depuis ma plus tendre jeunesse, j'aimais Roger de Kéry. Lorsque enfin j'entrai à son service, il n'était plus le beau jeune homme avec qui j'avais autrefois ébauché une idylle, mais il demeurait le Maître de Penroc... Et moi, j'avais toujours rêvé de cette maison. Or, je savais qu'elle m'échapperait ; même si Roger finissait par me passer la bague au doigt. N'avait-il pas trois fils et deux belles-filles ?

« Alors, après les avoir montés les uns contre les autres, j'attisai la méfiance du village à l'égard de Larissa, " l'étrangère "... Les gens furent bientôt persuadés qu'elle nous portait malheur... Jusqu'au bout, je fis preuve de circonspection. Et pourtant ! Et pourtant j'ai échoué. Roger est mort de vieillesse et moi je ne vaux guère mieux... Demain, le Seigneur me rappellera à Lui... Demain, j'aurai à affronter Sa Justice... Je sais bien que je paierai... Est-ce vrai, Monsieur le Curé, que l'enfer existe ? Moi, c'est sur cette terre que je l'ai vécu, car tout ce que j'ai toujours convoité a fini par m'échapper...

« Roger a fait son testament. Il y aura un nouveau maître à Penroc. Un certain Gautier Landasle. Pour lui, je ne serai jamais qu'une vieille impotente, juste bonne à enfermer dans un asile. Voilà sans doute mon châtiment... »

La confession de Marie Adec n'avait pas été écrite d'une seule traite. En haut de page, elle mettait des dates, témoin de sa lente agonie morale et physique. Pendant les derniers jours qui avaient précédé son trépas, elle avait certainement été en proie au délire, si l'on en jugeait à son écriture tremblante et démesurée et aux supplications qu'elle adressait à tous les saints du paradis pour qu'ils lui vinssent en aide... Elle terminait par ce simple mot : « PARDON ! »

Malgré cela, elle avait refusé qu'on appelât le prêtre.

Peut-être avait-elle encore plus peur du jugement des hommes que de celui de Dieu...

Le cœur battant, je refermai le cahier.

Larissa innocentée connaîtrait-elle le bonheur ?

Je craignais qu'entre Gautier et elle ne se fût installé un monde d'incompréhension. Ne l'avait-il pas chassée comme une bête venimeuse ? N'avait-elle pas lu sur son visage autant d'effroi que de haine ?

Je ne pus m'empêcher de soupirer, mais la pendule sur la commode me rappela à l'ordre. M'arrachant à mes pensées, j'entrepris de changer de vêtements.

Bientôt vêtu d'un pull et d'un pantalon noirs, je glissai dans ma ceinture le « Smith & Wesson » dont je me munissais toujours en cas de danger, et du danger, il allait y en avoir, cette nuit !

Dix minutes plus tard, je démarrais au volant de ma Porsche.

A présent je roulais dans la campagne. A petite allure et tous phares éteints, je m'engageai dans un chemin de terre que j'avais repéré à l'avance. Les cinq cents mètres qui me séparaient de Penroc, je les fis à pied, en me dissimulant de buisson en buisson. La lune à son dernier quartier n'était qu'un croissant pâle qui n'éclairait guère les êtres. Maintenant, le grondement des vagues me parvenait. Je comptais sur ce halètement perpétuel pour assourdir tout autre bruit.

Il était près de minuit et tout était calme. A intervalles réguliers, le phare du cap Fréhel jetait sur la mer une coulée d'argent. J'étais maintenant dans l'enceinte de Penroc. Redoublant de vigilance, j'atteignis les rochers sur lesquels la maison est construite. Je me dissimulai dans le renfoncement de l'un d'eux et attendis. Les minutes s'éternisaient. Au sein de la nuit solitaire, j'avais l'impression d'être aussi inutile que l'un de ces rocs immuables pour qui l'éternité ne compte pas... La corde et le grappin que j'avais emportés avec moi m'encombraient. C'était pourtant grâce à ces accessoires que j'espérais jouer un rôle prépondérant. Je déployai l'antenne du talkie-walkie — grand comme un paquet de cigarettes — dont les services de Jacques d'Orsonval avaient cru bon de me doter avant mon départ de Paris. Un léger sifflement me rassura. A l'autre bout, mon interlocuteur veillait... Mais j'avais beau scruter les ténèbres, aucune ombre autour de moi, aucune ombre en mouvement n'apparaissait dans mon champ de vision.

De longues minutes passèrent encore. La lune se cacha, réapparut et presque aussitôt j'entendis le bruit d'un moteur. Machinalement, je levai la tête pour m'assurer qu'à Penroc rien n'avait bougé... Les volets clos ne laissaient percer aucune lumière. Gautier dormait-il ? Je l'espérais. De tout cœur, je souhaitais qu'il se tînt à l'écart. Et soudain une grande ombre se profila sur la roche que l'eau en se retirant avait dégagée. Elle balança de droite à gauche une lanterne en la couvrant par intermittence.

« Larissa ! » pensai-je, tandis que mon sang s'accélérait dans mes veines.

Là-bas, brièvement, un autre signal lumineux répondit à son appel. Puis le canot apparut.

A force de scruter les ténèbres, j'aperçus enfin la masse sombre d'où il s'était détaché. Un yacht blanc comme l'écume de la mer. Tous feux éteints, il avait jeté l'ancre. A son bord serait hissée la précieuse marchandise dont le sous-sol de Penroc regorgeait. Les hommes que transportait la vedette avaient pour mission de la charger et de la décharger. Le tout serait fait en un temps record, sous l'œil vigilant de Larissa. Ses signaux rassurants guidaient le canot jusqu'à l'entrée de la grotte, en lui évitant les écueils que les mortes-eaux dégageaient. Il était maintenant à moins de dix mètres du littoral. Bientôt il aborda la roche sur laquelle se tenait la jeune femme. L'un des contrebandiers lui tendit la main et elle se laissa glisser jusqu'à eux. Avait-elle eu en cet instant une pensée de panique ? Je la vis qui se retournait, comme si elle cherchait autour d'elle un secours éventuel. Je fus tenté moi aussi de me demander si les hommes de d'Orsonval étaient bien à leur poste. On ne m'avait pas dit de quelle façon ils interviendraient. Il était probable que les gardes-côtes intercepteraient le yacht blanc et que des hommes-grenouilles armés jusqu'aux dents investiraient la grotte, dès que les trafiquants y auraient pénétré. Mais Dieu que le temps me paraissait long ! J'aurais voulu savoir Larissa à l'abri. Or, elle serait au cœur du combat meurtrier qui s'ensuivrait. A l'heure qu'il était, Segonza et Serdriguez entourés de leurs sbires avaient dû être arrêtés.

Pour s'introduire dans la grotte, les cinq hommes et la

jeune femme durent baisser la tête. Je sus qu'ils avaient accosté sur le quai naturel où venaient mourir les vagues, car le bruit du moteur se tut. C'était à mon tour d'intervenir. Je déroulai la corde et assurai au grappin une solide prise entre deux rocs pointus, puis je me mis à descendre.

A peine avais-je abordé la partie des rochers que la basse mer dégageait que j'entendis un autre bruit de moteur. Je sentis la sueur couler le long de mon corps. J'étais en fâcheuse posture, d'autant que le second canot semblait se jouer des récifs et connaître les abords de la grotte parfaitement. J'avais beau être vêtu de noir, je savais qu'on remarquerait très vite ma silhouette.

N'écoutant que mon instinct, je renonçai à dissimuler la corde au bout de laquelle je me balançais encore et je me laissai glisser dans l'eau. Le léger bruit que fit mon corps ne risquait pas d'être perçu. Au moment où le canot allait me frôler, je m'immergeai complètement. Je fus bousculé par la houle et plaqué contre la roche avec une violence inouïe. Tandis qu'une douleur intolérable me paralysait l'épaule, je remontai à la surface et repris mon souffle. Ce que je vis alors me fit momentanément oublier ma souffrance... Les phares des deux vedettes éclairaient l'intérieur de la grotte de façon presque féerique. La petite plage où elles avaient échoué faisait une collerette aux gradins superposés sur lesquels les trafiquants grimpaient à présent avec une visible satisfaction. Je n'eus pas de peine à repérer les caisses que par un système ingénieux de poulie les hommes allaient pouvoir descendre jusqu'aux canots. Tous étaient à visage découvert. Tous sauf un qu'avec une curiosité bien légitime, je contemplai avidement. L'inconnu, grand, mince, était vêtu d'un smoking à la boutonnière duquel fleurissait une orchidée. Il était ganté et portait un simple bas de nylon sur la tête, ce qui lui aplatissait le nez et déformait sa voix. D'un geste nonchalant, il fit signe à celui qui paraissait être son adjoint de se hâter.

— Enlevez tout, dit-il. Ne laissez rien traîner... Nous ne reviendrons plus ici...

— Mais, Chef, c'était pourtant bien pratique...

— Un instinct m'avertit que l'un de nous nous a trahis.

Un murmure de stupeur et des protestations lui répondirent. Il leva la main, et de nouveau chacun se tut.

— J'ai dit « l'un de nous » ? questionna-t-il.

— Oui, Chef.

— Eh bien ! ma langue a fourché, car c'est d'une femme que je veux parler.

— Une femme ? Mais il n'y en a qu'une parmi nous...

Tous les regards convergèrent vers Larissa. Les mines patibulaires s'étaient encore renfrognées, et déjà les poings se fermaient. Immobile, Larissa n'avait pas bougé. Il y avait sur son visage un si intense mépris que le dandy à la cagoule parut un instant ébranlé.

— Viens ici, Larissa, dit-il en lui tendant la main. Tu mérites d'être punie et tu le seras ! Je te châtierai de ma main !

— Laissez-la-nous, Chef, on s'en chargera ! rugit l'un des hommes. Moi, je n'ai jamais eu confiance en elle.

— La ferme ! coupa l'inconnu en se tournant de nouveau vers la jeune femme.

Soudain, cette dernière éleva la voix :

— Pourquoi ne pas faire mon procès devant tes hommes ? Ne t'ont-ils pas bien servi que tu leur refuses ce juste divertissement ?

— Tais-toi !

— Non ! s'exclama-t-elle en secouant la tête. Je veux bien mourir, mais pas avant d'avoir revu ton visage ! Je n'ai pas oublié tes traits, Tazco ! Ils sont aussi beaux que tes pensées sont perverses. Et dire que j'aurais pu t'aimer !

Larissa fit un pas en avant et il en fit un en arrière. Elle cria telle une démente :

— Allons Tazco Molivar, pourquoi te cacher plus longtemps ! Montre-toi ! Montre-moi ce que tu es devenu pendant toutes ces années où je te croyais loin !

Il éclata d'un rire cynique :

— Ne t'avais-je pas dit que je te retrouverais, où que tu ailles et quoi que tu fasses pour m'échapper ?

Je ne perdais pas un mot de leur dialogue. Contraint à une grande immobilité, je trouvais l'eau plus froide qu'elle ne l'était réellement. Ainsi, tout ce que j'avais imaginé était vrai... J'en eus la preuve lorsque Tazco Molivar arracha de son visage le bas qui le recouvrait. Puis il se déganta et la bague au chaton volumineux que je lui avais vue sur la petite photographie dont j'avais dépossédé Larissa apparut.

L'homme était réellement très beau, d'une beauté féline, inquiétante. Ses stigmates portaient la trace de son ambition démesurée, son orgueil, sa folie... Je ne savais rien de lui, sinon que, Péruvien comme l'était Larissa, il gardait de ses lointains ancêtres la nostalgie d'une puissance à jamais vaincue. Le reste, j'allais l'apprendre de la bouche même de la jeune femme :

— Ainsi, dit-elle en se croisant les bras, tu te prends toujours pour la réincarnation de Pachakuti [1] ! A qui destines-tu ces armes que les Soviétiques se font un plaisir de t'octroyer ? A la reconquête du Pérou ? A l'installation de l'idéologie marxiste sur ces terres qui furent celles du glorieux empire inca ? N'œuvres-tu pas avant tout pour ta propre gloire ? Je parierais volontiers que tu as installé ton quartier général au Cuzco [2] et peut-être même dans les ruines de la maison du Dieu-Soleil !

— Tais-toi ! rugit-il.

Blême de rage contenue, il s'approcha de sa compatriote et la gifla à toute volée. Sous le choc, Larissa vacilla. Lorsqu'elle se redressa, ce fut pour mieux lui jeter à la face toute l'horreur qu'il lui inspirait...

Orpheline, c'était cet homme-là, cet ami d'enfance, qu'à dix-huit ans elle avait fui, effrayée par la passion qu'il lui témoignait, aussi démesurée que l'étaient ses ambitions. Parce qu'elle avait eu le malheur de lui dire que jamais elle ne lui appartiendrait, il l'avait alors persécutée, allant jusqu'à la menacer d'un sacrifice rituel qui, sans nul doute, plairait aux dieux de ses ancêtres, ces mêmes dieux qu'il s'était mis à adorer pour perpétuer la tradition et restaurer la grandeur du Cuzco. C'était en vain que Pedro, le frère aîné de la jeune femme, s'était interposé. Tazco n'avait pas hésité à s'en débarrasser, en l'attirant dans un guet-apens et en l'assassinant sauvagement.

Eperdue, sachant qu'elle ne pourrait pas résister longtemps aux desseins pervers de cet être abject, Larissa avait heureusement trouvé sur sa route un chevalier servant inattendu en la personne de Kelvin de Kéry. Ils s'étaient mariés à la sauvette dans le premier port venu et s'étaient ensuite embarqués pour l'Europe. Elle avait

1. Pachakuti demeure pour la légende et pour l'histoire le véritable fondateur de l'empire inca. Organisateur avisé d'un peuple en pleine mutation, il fut aussi un grand conquérant.

2. Ancienne capitale de l'empire inca.

cru troquer un destin effrayant contre une paisible vie de famille, mais c'était compter sans les impondérables, la haine et le dédain des autres, l'acharnement d'André, de Clothilde, de Gontran, de Marie Adec et la persévérance implacable de son ancien bourreau...

Tazco Molivar avait mis sept ans pour la retrouver et, depuis trois ans, elle était ce qu'il avait toujours souhaité qu'elle fût : son esclave ! Du moins le croyait-il...

— Hé oui ! lui dit-il avec complaisance. Je me suis servi de toi... Kelvin et ses frères ne furent pas difficiles à acheter... Contrainte de les aider, c'était en vérité moi que tu servais ! Quelle belle revanche, n'est-ce pas ? Mais aujourd'hui ce jeu ne m'amuse plus. Tu vas venir avec moi, Larissa... Je suis riche, très riche. Il est temps que tu contemples ma réussite...

Ce fut à cet instant précis que Diamant, surgi on ne sait d'où, vint frotter son pelage contre la cape de sa maîtresse. D'un mouvement rapide, elle se pencha et le prit dans ses bras.

— Lâche cette sale bête ! hurla Tazco, et partons... il est temps !

D'un claquement sec des doigts, il intima à son adjoint l'ordre de guider les hommes, puis, prenant Larissa par le poignet, il tenta de l'entraîner vers la vedette.

Voyant le danger que courait la jeune femme si son pire ennemi réussissait à la faire sortir de la grotte, j'allais tenter une manœuvre de diversion, quand une voix sèche claqua tel un coup de feu :

— Restez où vous êtes ou je fais tout sauter !

Les jambes écartées, le cheveu en bataille, sa veste de pyjama ouverte sur un poitrail velu, Gautier Landasle sortit brusquement de l'ombre. Du rocher où il était juché, il dominait toute la scène. D'une main il tenait une grenade que de l'autre il s'apprêtait à dégoupiller.

Au même moment, les hommes-grenouilles de Jacques d'Orsonval investirent les abords de la grotte.

N'entrevoyant de salut qu'en se servant de Larissa, Tazco l'attira à lui. Plus prompte que l'éclair, la jeune femme lui lança son chat à la figure. Toutes griffes dehors, l'animal bondit sur sa proie, l'aveuglant et le déséquilibrant. L'homme tira au hasard. La balle atteignit Larissa au côté. Sans un mot, elle s'affaissa.

La fusillade qui s'ensuivit laissa sur place de nombreux

blessés, tant parmi les hommes de la D.S.T. que parmi les trafiquants. Les premiers furent heureusement très vite maîtres de la situation. Sortant enfin de l'eau, je me précipitai vers la blessée près de laquelle Gautier s'était glissé.

Larissa le regarda d'un œil vitreux, puis sa tête retomba.

— Si elle mourait, Monsieur Smith, je ne me le pardonnerais pas !

Je lui jetai un regard hargneux et des mots cruels franchirent mes lèvres :

— Je croyais que vous souhaitiez sa déchéance et sa perte !

Il sanglota :

— Quels que soient les crimes qu'elle ait commis, jamais je ne pourrai m'empêcher de l'aimer !

— Idiot ! dis-je. Larissa n'a commis aucun crime... Ah ! vous pouvez vous vanter de n'être pas très psychologue ! Mais trêve de bavardages. Il lui faut un médecin...

Avec désespoir, je contemplai le carnage autour de moi.

— Comment tirer la jeune femme de ce guêpier ?

— Je connais un passage... me dit Gautier, soudain tout excité... Un souterrain qui relie la grotte à la maison. C'est par là que je suis venu jusqu'ici... Pourquoi ne m'aviez-vous pas dit que l'assaut se produirait cette nuit ?

Je haussai les épaules. Malgré l'envie que j'avais de prendre la blessée dans mes bras, je laissai ce soin au jeune Landasle.

Après tout, n'était-il pas intervenu pour la sauver ?

EPILOGUE

Atteinte d'une balle au poumon gauche, Larissa lutta plusieurs jours contre la mort. Je suis persuadé que seul l'amour de Gautier la tira de cet autre monde où elle s'enlisait... Il la ramena du néant à la conscience, et, avec cette dernière, ses souvenirs affluèrent...

Nous lui parlâmes peu de Tazco, sinon pour lui annoncer que, du fond de sa cellule, il s'était donné la mort. Ses projets guerriers, ses rêves de grandeur s'étaient effondrés, comme s'était effondré l'Empire du Soleil avec l'assassinat de son dernier souverain Tupa Amarru en 1572...

Je ne repense pas à cet épisode de ma vie sans une certaine fierté. Si chaque être humain n'est qu'un pion sur l'échiquier du Destin, je ne peux m'empêcher de croire que j'ai joué un rôle prépondérant dans la marche des événements. En réfléchissant bien à la façon dont les choses se sont enchaînées, j'en arrive modestement à me dire que la partie était décidée d'avance... La police aurait-elle découvert ce bouton de manchette, et moi ce portefeuille sur le chemin de la falaise ? Yvette Lanné se serait-elle emparée du journal de Marie Adec ? Aurait-elle surpris Sandrine au moment où elle exécutait sa sinistre besogne ?

La fille d'Hector Leguérec a été arrêtée et incarcérée. Le juge n'a pas mis de temps à lui faire avouer son forfait. Seule la jalousie a guidé sa main. Espérait-elle que, veuf, Gautier finirait par l'épouser ?

Quant à Clothilde de Kéry, elle est bien morte sous les doigts de Tazco auprès de qui Segonza s'était plaint qu'elle menaçait de le livrer à la police. Je ne peux m'empêcher de penser que, si les deux hommes lui avaient attribué des revenus décents, elle n'en serait pas arrivée là... Première erreur de la part de Tazco. Il n'y a pas de crime parfait...

Hier, Larissa a quitté l'hôpital. A sa sortie, nous étions trois à l'attendre : Gautier, Jacques d'Orsonval et moi... Jacques avait des fleurs à la main. Il les tenait d'un air gauche qui me fit sourire. Gautier, lui, n'avait rien et il se tenait à l'écart, un peu comme un enfant puni. Larissa nous regarda chacun à notre tour, puis elle hocha la tête.

— Herbert, me dit-elle, voudriez-vous m'appeler un taxi ?

— Un taxi !

D'une seule voix nous nous étions exclamés. Notre déception était grande. Nous étions persuadés qu'elle aurait choisi à l'instant même le compagnon auprès duquel elle cheminerait désormais.

— Oui, reprit-elle d'un ton ferme. Un taxi. J'ai quelques dispositions à prendre avant de quitter la France... Voyez-vous, j'ai envie de revoir mon pays... Jacques, vous me procurerez un passeport, n'est-ce pas ?

Il s'inclina. Je voyais qu'il dissimulait difficilement son émotion.

— Partez-vous... partez-vous pour toujours ? questionna Gautier.

Elle lui sourit d'un air absent. Il insista :

— Ne me laissez pas dans l'incertitude. Etes-vous incapable de pardon ? Ai-je tellement péché à vos yeux que je ne saurais me racheter... ?

Elle leva vers lui un visage frémissant.

— A mon retour, dit-elle. A mon retour, si vous le voulez bien, Gautier... je serai votre femme.

Il la prit dans ses bras et la couvrit de baisers.

Jacques et moi nous nous regardâmes en soupirant. Le bonheur des autres suscite les regrets.

— Que ferons-nous de Penroc ? demanda Gautier.

— Vendez-la ! s'exclama-t-elle, tandis que les ombres du passé venaient rôder dans ses yeux couleur de violette.

— Je n'en tirerai probablement pas le prix que Segonza m'en offrait...

— Qu'importe !

— Je ne suis pas riche, Larissa... Mon appartement de Paris est minuscule.

Elle le taquina, le mettant au supplice :

— Les rues de Paris, mon Dieu ! Moi qui suis habituée à la lande et au vent du grand large !

— Si vous voulez, nous resterons en Bretagne... Je chercherai une autre situation...

— Non ! coupa-t-elle d'un ton décidé. Evidemment, ajouta-t-elle en riant, ce ne sera peut-être pas le Pérou, mais nous serons heureux...

Désireux de laisser les amants à leurs effusions, j'entraînai Jacques d'Orsonval.

— Tout de même ! me dit-il en montant en voiture. Vous le trouvez si bien que cela, vous, ce Gautier ?

Ce à quoi je m'abstins de répondre.

ACHEVÉ D'IMPRIMER
SUR LES PRESSES
DE L'IMPRIMERIE S.E.G.
33, RUE BÉRANGER
CHATILLON-SOUS-BAGNEUX

Numéro d'édition : 4468.
Numéro d'impression : 1769
Dépôt légal : 4e trimestre 1981